掟上今日子的

西尾維新
NISIOISIN

譯／緋華璃

目次

第一話

掟上今日子與支解的屍體

1

佐和澤警部覺得——

（人心這玩意，或許打從一開始就是支離破碎的）

思及目前偵辦中的案件詳情——就不禁讓自己這麼想。

「絕不原諒也不能原諒手段那麼凶殘的兇手，無論如何都要將之逮捕」的心情，與認為「這種死者會有那樣下場，也是咎由自取」的心情明明完全背道而馳，卻又互不干涉地並存在心中——這兩種心情既沒有互相牽制，也沒有互相抵消，就這麼「支離破碎」地並存在佐和澤警部的心中。

想把注意力集中在自己負責指揮現場的這個案子，另一方面卻也對同事負責的其他案子耿耿於懷，而心念一轉，得趕快申請在偵辦前一個案子時代墊的經費一事，同樣也令佐和澤警部掛心。

感覺一心想快點破案的心情，想當然耳是奠基於正義感與職業道德上，但又很明白自己腦子裡卻正在盤算著「一旦解決這案子，就來接著看上次讀到一半的推理小說吧」之類的休閒計畫——一邊煩惱著工作上的事，同時也煩惱著私生活的人際關係。

各種心情同時並行。

同樣的心情，卻是由截然不同的想法組合而成。

（人心是複雜的——所以才又支離破碎）

簡直就像心中住著好幾個自己，仔細想想，還真令人有些毛骨悚然——然而，在覺得「毛骨悚然」的同時，卻也仍然能夠產生「不過，這也是理所當然的啊」這樣的認知。

簡直像是在扮演多重人格。

支離破碎的心一片片——其中一片這麼說。

「有空想這些有的沒的，不如趕快去揪出兇手！」

——一點也沒錯。

這種感覺到底是正義感？道德觀？專業精神？還是閱讀欲望呢——無從判斷的佐和澤警部，決定打電話給忘卻偵探。

至於打這通電話，到底是想要解決此刻正引發輿論熱議的分屍命案，還是想要見見那個很久沒見，戴著眼鏡的白髮偵探——已經無從判斷。

這兩種心情，大概——都是真心的。

2

「初次見面，我是忘卻偵探掟上今日子。」

在約好碰面的咖啡廳裡現身的她，笑嘻嘻地這麼說——實際上，這已經是佐和澤警部第五次與她見面了。而其中，像這樣為了破案，亦即以警察的身分前來委託她工作，則是第三次——但她卻完全以初次見面的態度回應。

健忘。

不——她是完全忘記。

這就是忘卻偵探掟上今日子——今日子小姐。

「初次見面，敝姓佐和澤。」

對佐和澤警部而言——想到過去與她並肩作戰偵破的懸案——今日子小姐絕對不是會讓她沒有印象的對象，但做為面對忘卻偵探時的禮儀，佐和澤警部仍然低頭示意，同樣回應一句初次見面。

今天的今日子小姐穿著一襲長背心。

接下來明明要討論工作上的事，居然還因為偵探的穿著打扮而分心——訓誡自己「這樣太不謹慎」的心情，與「覺得好看的東西就是好看」的心情，果然還是支離破碎卻又同時並存著。

（真要說的話，在這之前「身為警察還委託偵探幫忙偵辦案件，實在有夠窩囊」的心情——與「可以和今日子小姐一起工作，真是甚感榮幸」的心情，就已經是並存在心中的了）

不是要講哪個才是真的心情——也不是要談哪個心情才是對的。

硬要說的話，兩者都不對。

忘卻偵探。

記憶只能維持一天，一覺醒來就會把「昨天發生的事」忘得一乾二淨的她——今日子小姐幾乎是全日本警察機關組織所公認的偵探。因為再怎麼仰賴她，別說是紀錄，就連記憶也不會留下來，因此壓根兒不需要心虛「找偵探辦案很窩囊」。

警方委託民間的偵探事務所協助調查——這種從某個角度來看，或許是極不名譽的事實——馬上就會被她遺忘。不僅如此，由於是忘卻偵探，使其自然也有著「無論什麼案子都能在一天內解決（因為如果不在一天內解決就會忘記調查內容）」的特性，「最快的偵探」今日子小姐身為偵探的能力之高強，可以說是有目共睹。

不只對案子束手無策之時，遭遇「無論如何都得儘速破案」的狀況時會打電話給她的人，想必絕不只佐和澤警部一個。

然而也因此，「能夠一起工作真是榮幸」的心情其實並不成立——因為到了明天，這種「共同調查」就會等於沒發生過。

（在感受「好寂寞」這種情緒的同時，也照樣覺得「不用擔心洩漏機密真是太好了」，人心果然是支離破碎的哪……）

「佐和澤小姐，您這麼年輕就當上警部——啊，您是高考組嗎，真是好令人崇拜喔。」

點了黑咖啡之後，今日子小姐如是說——這對話也是第五次了。

要說年輕，今日子小姐也很年輕。

雖不知她實際的年齡，但是大概也只比佐和澤警部大個一、兩歲吧——這麼年輕的女性獨力操持著偵探事務所，還能與警方建立平等互惠的關係，這個事實總令佐和澤警部敬佩不已。

所以，聽她說什麼高考組，佐和則警部不禁有些難為情——要說幸好她已經徹底忘記自己過去在「共同調查」時的醜態百出也是幸好，但這同時也讓佐和澤警部有種像是在欺騙合作對象的不知所措。

（真是支離破碎……）

「那麼，佐和澤警部，請問您要委託我什麼工作呢？您那時說不方便在電話裡說得太詳細……」

「啊，呃，是的。」

自我介紹與社交辭令都點為即止，眼見最快的偵探進入了工作模式，佐和澤警部連忙把姿勢坐正。

上午的咖啡廳沒什麼客人，但佐和澤警部還是壓低了音量。

「您知道這附近的大樓裡發生了分屍命案嗎？」

就在如此切入正題之後，下個瞬間——

（我在說什麼啊）

後悔立刻使佐和澤警部下意識搖了搖頭。

（就連昨天的事都記不得的忘卻偵探，怎麼可能記得都過了一個星期以前的事呀）

還好這次是自己一個人來——佐和澤警部心想。可不想在年紀比自己大的部下面前，表現出這種見不得人的窘樣。

面對甚至被人譽為傳說、在警界可說是大名鼎鼎的忘卻偵探，會緊張固然是在所難免，但若被旁人以為是由於偵探實在太美麗，自己同為女性還感到情怯就不好了。

（不過，也不能說完全沒有這方面的影響——）

只是，要這麼說的話，就連不知是否因為螺絲鬆掉，椅子坐起來搖搖晃晃不太舒服一事，也或許是造成緊張的理由之一吧。

支離破碎的心情——無法統一。

不管怎樣，佐和澤警部都以為接著有必要向她補充說明來龍去脈，但今日子小姐卻如此回答。

「是的，我知道。」

「咦？你不是忘卻偵探嗎？」

「忘卻偵探也會看報紙的。在接到佐和澤警部您打來委託的電話後，我總之就先將過去兩週份的新聞報導給看了一遍——因此對您說的那個案子，已經有大致上的了解。」

哦，原來如此，說來也是。

這個人對預習從不馬虎——聽說在見到委託人的同時，就已經把事情處理好的案例也所在多有。

最快的偵探。

儘管這次由於案件性質特異，佐和澤警部在電話裡並沒有告知其詳情，但她還是徹底貫徹預習的態度——為了「反正明天就會忘記」的事情預先做準備——終究徒勞的感受實在太強烈，換成自己應該辦不到吧。

「話雖如此，畢竟是分屍命案，我猜報導應該受到相當嚴格的管制——因此，如果佐和澤警部的委託就是要我解決這個案子，可以請您告訴我詳細案情嗎？」

今日子小姐莞爾一笑。

「請放心。無論是調查上的機密，還是個人隱私資訊，到了明天我都會忘記——因為我是忘卻偵探。」

「……也是。」

沒錯，都會忘記。

無論是命案這回事——還是我這個人。

3

分屍命案。

這種案件在現實生活中其實不容易發生——雖然是在推理小說裡經常出現的字眼，但是在實際發生的案件裡，頂多到「屍體損毀」就差不多了。

發生在現實生活中的分屍案，多半是「把人從高處推下來」或「把人推到鐵軌上讓火車輾過」這種「是為結果」的屍首分成一塊塊命案。

正因為如此，佐和澤警部才會大吃一驚。

這次的案子只能以獵奇來形容——或者也可以說是實在太獵奇，才使得佐和澤警部腦中變得一片混亂，不得不求助於偵探。

「死者是聖野帳先生——三十七歲，男性。」

佐和澤警部看著記事本，開始說明案情概要。即便記事本上頭寫的都是在這個星期裡自己已經反覆看過無數次紀錄，幾乎不用看也能說明，但是不怕一萬，只怕萬一。

「聖野帳先生。」
今日子小姐復誦死者的名字。
她不寫筆記。
身為嚴格遵守保密義務的偵探，基本上並不做紀錄——順帶一提，這位每過一天都會忘記一切的偵探，每個一天以內的記性都好得不得了。
「雖然報導中刻意不提及死者姓名等個資，但這名字還真是好聽。」
「名字是很好聽，但是此人的風評可就不怎麼好聽了。」
佐和澤警部說道。
這話雖把死者講得很難聽，卻是在說明案情上避無可避的資訊。
「怎麼說呢……死者似乎是很容易惹人怨尤的人。說得坦白點，他的風評糟透了。大家作證時都異口同聲地這麼說——『那種人死了活該』。」
「哎呀呀。」
今日子小姐裝傻似地微笑著。
這時露出微笑是要怎樣。

（大概是精神力很強韌吧……）

相反地，佐和澤警部對自己的精神強度並沒什麼自信，光是想起死者生前做過的無數「壞事」，就想打退堂鼓了——不誇張，真的會對人類這種生物感到絕望。

報導中刻意不提及聖野帳的姓名，一律稱他為待業男性（37），不見得只是單純顧慮到死者的隱私或人權——不便在媒體上一五一十地揭露此人離經叛道、為非作歹的行為，才是真正的原因。

無論如何，一旦把他的名字登在報紙上，會傷害太多人——考慮到這種二次傷害，即便是追求真相的新聞工作者，任誰都會對公開事實裹足不前。

（這種自我設限也會妨礙調查的進展就是了……雖說是無可奈何）

「死者為大這句話，也不能套用在所有人身上呢。」

今日子小姐似乎感觸良深地說——縱使聽完佐和澤警部對於死者惡行的具體描述，看來也無法撼動她分毫。

太強韌了。

抑或是因為就算聽來會令人反胃的描述，反正到了明天就會忘記，才能地養成這種也可以左耳聽、右耳出的特技。

忘卻偵探與心靈創傷或閃回現象徹底無緣。

「……如此這般，嫌犯的人數也多到堪比天文數字，光是查案問話就困難重重。」

用「天文數字」來形容是誇張了點，但是在佐和澤警部至今負責偵辦過的案件裡，本案的嫌犯人數確實是最多的。

一般發生命案的時候，都是從「動機」開始鎖定兇手。

畢竟在現代社會的法治國家裡，擁有「足以想殺死對方的動機」之人其實極為有限。大多時候只要在死者身邊打探一下，很快就能鎖定嫌犯——然而，這次卻無法如願。

「老實說，聖野帳身邊的人全都是嫌犯——沒有人不恨他的。」

「不過，他還是有些朋友吧？要是身邊所有的人都討厭他，日子應該過不下去的。」

「有是有，但與其說是朋友，不如說是有利害關係的人物——可是就連這樣的人，也絕不是心甘情願跟他混在一起。偵訊時到底聽了多少次『死了倒好』的台詞，我數都數不清。甚至還有人口出『我也想殺他，卻被別人搶先一步』這樣的話。」

「世道艱難呢！」

今日子小姐看似傷腦筋地點點頭。

你傷腦筋的話我才傷腦筋哪——佐和澤警部心想。另一方面，又支離地覺得「她傷腦筋的表情也好可愛啊」。

然而身為有時間限制的偵探，今日子小姐並非在憂慮世間壞蛋橫行的社會問題，似乎只是單純在思索面對有太多嫌犯一事「該如何料理」。

今日子小姐看起來雖然一副溫柔穩重，但在這方面該說是冷靜自持，還是極度的現實呢——她既不會同情死者，也不會站在嫌犯那邊。

要說這就是專業也真是很專業，身為警官，不禁覺得必須向她學習，但佐和澤警部又總會覺得——

（這人到底對一切都是淡然無掛吧。）

這也是支離的一環，缺乏一致性。

（對了，支離破碎……）

「稍後會提供嫌犯的名單，請容我先描述死者是怎麼被殺的。」

「好的。報導也多少都有提到這一點——分屍命案。死者的屍體被分成幾塊之類的。」

「不是的。」

佐和澤警部突來的否定讓今日子小姐一愣——難不成是誤報嗎——或許是以為自己看到的新聞寫錯了。

然而，佐和澤警部的否定並不是這個意思。而且那也不是誤報，應該稱之為新聞管制。

「不是幾塊——而是十幾塊。」

「十幾……」

「十幾塊。所以是不折不扣的分屍——真是分成了一塊又一塊。」

那具屍體的狀況淒慘到讓佐和澤警部光是看了照片，就搞得這一整個星期都吃不下飯。

通常提到「支解的屍體」，人們頂多只會浮現手腳被切斷，或身體被分成兩段、脖子被砍斷的印象。

可是——聖野帳的屍體被切碎到近乎執拗的地步——要說的話，根本不用向周圍問話，光看這慘狀就能感受到兇手強烈的憎恨。

到底是什麼原因，會讓人想把另一個人切得這麼碎呢。

「遺留在現場的凶器是把鋸子。是砍伐大樹用的那種相當專門的鋸子。但是也鋸到鋸齒都缺嘍，爛到幾乎已經不能再用了。」

又或者就是因為鋸子已經不堪使用，兇手才放棄繼續「支解」屍體的行動也說不定——要是鋸齒還撐得住，兇手可能還會繼續切割下去。

「鋸子……麼。」

今日子小姐喃喃自語。

「不過光用一把鋸子就把人體切割得支離破碎，聽來真嚇人呢。就像是鮮魚店老闆只憑一把小巧菜刀，便表演起巨大鮪魚的解體秀那樣吧。」

那是佩服的點嗎？

這個人精神面很強韌，似乎也有些天然呆的地方。

跟天然鮪沒有關係。

「對了，兇手沒從現場帶走哪些屍塊嗎？聖野帳先生被支解的遺體，全數無缺都留在原地嗎？」

看來是認為報導中刻意未提的資訊比想像中還多，今日子小姐提出了這個犀利的問題——天然呆歸呆，問題倒是一針見血。

把死者身體的一部分帶回去，當成「戰利品」或「紀念品」之類的，是獵奇分屍命案常見的狀況。

「全都留在原地——沒聽說有被帶走、缺少的部分。」

因為沒有在一邊觀看，這部分的資訊都是事後聽來的——不過，她打從心底覺得還好是聽來的，並忍不住同情起那些必須把支離破碎的屍體像立體拼圖一樣拼起來的鑑識人員……

「……」

這時，今日子小姐一臉若有所思。

總是笑臉迎人的忘卻偵探，甚少露出這般表情——有什麼令她感到在意的線索嗎。

「……怎麼了？今日子小姐。有什麼不對勁的地方嗎？」

「沒有，總之……請先讓我把話問完吧。既然死者是遭到一把鋸子支解，那麼分屍現場應該是浴室？因為再怎麼樣，也不可能在客廳裡進行這種作業才是。」

「是的。」

該怎麼說呢，這方面的處置顯然相當隨便。

被支解成一塊塊的屍體，成堆成疊地被扔在浴缸裡——絲毫不是做為「戰利品」或「紀念品」等級的對待方式。

「這麼說可能很過分……但簡直像是把垃圾隨手丟進垃圾桶的感覺。」

「嗯……」

今日子小姐臉上仍掛著思索。

是噁心異常的現場狀況讓她不舒服——這顯然不是她陷入思索的原因，那究竟是有什麼問題呢——大概還不方便問她吧。但是那些佐和澤警部因為覺得不舒服而沒去想的，或許最快的偵探已經得到答案了。

「……一路聽下來，好像沒做什麼湮滅證據的動作——請容我再確認一次，佐和澤警部。真的都沒有發生死者的指紋被削去、或者是臉皮被剝除帶走的情事嗎？」

「沒有，沒有這些狀況。」

原來如此，還有這種可能性。

這個問題的確很符合忘卻偵探網羅主義的風格——既不是「是為結果」的殘破屍首，也不是做為「戰利品」或「紀念品」的離散屍塊——那麼藉由支解屍體，好讓人無法分辨死者的來歷才是其目的——獵奇還是獵奇無誤，只是這更實際得多。

不過——並沒有這回事。

感覺不到想從屍體上隱瞞什麼的意圖。

再說回來，光是在死者家的浴室裡支解，就已經沒什麼好匿名了。

「也沒有是別人屍體的可能性。」

「沒有。」

如果是百年前，這個詭計或許能成立，但是在科學辦案全盛的現代，即使是再細小的屍塊，也能輕易地鎖定到個人。

或該這麼說。

不只是「分屍」，兇手似乎毫無掩飾罪行的打算——離開時，就連大門也沒鎖，反而更像是希望屍體趕快被發現，好將聖野帳的死訊公諸於世似的

——大概以為自己的行為是正義之舉吧。

（別開玩笑了）

——這樣的憤怒，以及——

（不過，要說是正義，也的確是正義呢）

——這樣的諒解又並存在佐和澤警部的心裡。

無法統一——實際上也不算對立。

不可否認聖野帳一死，不知會有多少人因此得到救贖——但這跟佐和澤警部的工作是兩回事。

「話雖如此，兇手似乎還是相當小心，極度避免留下自己的痕跡。現場既沒有可疑的指紋，也沒有足以指向兇手的毛髮等物證。至於會把犯案的鋸子遺留在現場，與其是因為不小心，大概是基於把那種東西帶回家，變成證據反而更麻煩的心態。」

「我想也是。畢竟，把鋸齒都壞光的鋸子帶回家，也不能再用了。」

重點不在那裡吧。

怎麼可能拿來回收再利用啊。

「兇手似乎也非常留意不讓大樓內的監視器拍到自己——從現階段還沒有任何目擊者這點來看，不難想見兇手肯定是經過縝密的沙盤推演，才動手行兇的。」

反過來說，對屍體草率處置也因此顯得特別突兀——除此以外的部分，全都徹底消除了自己的氣息及感情，甚至要說是已達細緻妥貼之境也不為過的兇手，唯獨在支解死者，將其化為「支離破碎」的屍塊這項作業時，顯得非常粗魯。

讓人感到恨意之深。

怨念之強。

（又或者是——兇手的心也是「支離破碎」的呢？）

比死者的屍體還支離破碎。

也許是根本拼不起來的拼圖。

「嗯……可是佐和澤警部。」

今日子小姐轉過頭來。

「我明白現場的狀況了，可是我不能光憑這樣就接下這個委託。的確，這是個機密性極高的案件，但是會輪得到忘卻偵探出場嗎？嫌犯過多或許會讓調查陷入僵局，但是總比找不到嫌犯好得多——只要多花一點時間，一步一腳印地偵辦，兇手總有一天會浮上檯面吧？」

這麼說倒也無話可說。

實際上，佐和澤警部也很猶豫該不該委託今日子小姐——不可否認，在這決定的背後並非沒有「想再與今日子小姐一起辦案」的個人情感存在。

或許也不是背後，可能這才是本意。

感覺像是自己對她一廂情願的友情被識破般，佐和澤警部的心情變得忐忑不安，而且還不只這樣。

雖說已經對報導加以管制，但是終究無法管住人的嘴巴——為了讓躁動不安的社會輿論平靜下來，就算只是早一天也好，警方都希望能盡快破案。

也不只是這樣而已。

還有一個問題。

要是不能得到最快偵探暨忘卻偵探的協助，就可能無法解開的問題。

「的確有很多嫌犯，多到幾乎數不清。」

佐和澤警部坦白說。

「可是——這些多到數不清的嫌犯，全都有不在場證明。」

「什麼？」

「我是說——嫌犯之中能殺害死者並將其分屍的人，一個都沒有。」

4

交涉途中，今日子小姐似乎在心裡猶疑不下數次，但最後還是以置手紙偵探事務所所長的身分，接受了佐和澤警部提出的委託。

實際上，警方過去想請今日子小姐偵辦棘手案件時，才開始交涉就被她拒絕的案例也所在多有——而說到原因，倒不是像推理小說裡出現的偵探那種講什麼「如果沒有充滿魅力的謎團，我是不會參與調查的」就是了。

「無論什麼案子都能在一天內解決」的忘卻偵探——反過來說，就是「不接受在一天內解決不了的案子」。

辦不到的事就承認辦不到。

要長期抗戰、腳踏實地收集情報，得花上長時間的調查活動——今日子小姐承認自己不擅長這種委託，因此她也絕不會擺出推理小說裡出現的偵探常有的那種，壓根兒瞧不起警方的態度。

不會因為受到當局的委託就趾高氣昂，而是將自己定位成案件承包商的位置——換句話說，願意接受這個委託，就表示今日子小姐認為這次的分屍命案是「能夠在一天內解決」的案子。

當然，也不是完全沒有評估失準的先例，所以還不能掉以輕心——但還是覺得底氣足了些。

「那麼，我們去現場吧！佐和澤警部。」

喝完最後一口黑咖啡，今日子小姐說著便站起身來——見狀，佐和澤警部連忙問道。

「現、現在嗎？」

「是的。您不就是這個打算，才與我約在案發現場附近的咖啡廳嗎？」

沒錯，就是這個打算。

只是還沒做好心理準備——雖說刑警的工作就是要勤跑現場，但是要回到那種宛如人間煉獄般的凶案現場，還是令人提不起勁來。雖然佐和澤警部並未見到那個地獄現場最可怕的狀態——但光想到是把人體大卸八塊的地方，就夠令人頭皮發麻了。

不過，既然今日子小姐幹勁十足，佐和澤警部自然也不能退縮。

總不能讓她一個人去。

「等到了現場之後，也請讓我拜見一下被大卸八塊，堆疊在浴缸裡的屍體照片吧。」

居然能面不改色地說出這種話。

不只面不改色，甚至可以說是嬉皮笑臉。

也對，畢竟那確實是不便在咖啡廳裡拿出來看的照片——即使是工作上有需要，能口出「想看照片」的今日子小姐，心臟也實在是太大顆了。

就這樣，支付了兩人份的飲料費，佐和澤警部帶著忘卻偵探前往凶案現場——位於距離咖啡廳走路五分鐘的地點，一棟年代久遠的大樓。

聖野帳就住在三樓。

在浴室裡遇害。

「雖然方才提到凶器是鋸子，但那是用來將屍體『大卸八塊』時使用的凶器，嚴格說來，死因是絞殺——兇手勒住死者的脖子將其殺害後，又把他切割成十幾塊。」

「嗯。那用來勒住脖子的凶器呢？」

「是晾衣服用的繩子，也留在現場。似乎是從陽台上直接拿來用，原本就是死者的東西。」

「嗯哼……」

佐和澤警部一邊和今日子小姐的對話，一邊用向大樓管理員借來的鑰匙開門——門一打開，一陣嗆鼻的惡臭迎面而來——的感覺。

案發至今已經過了一個星期，明明室內已經換氣並清掃過，血腥味也應該已經散得差不多才是——但佐和澤警部還是忍不住掩住鼻子。

回頭一看，今日子小姐也用上頭有刺繡的手帕捂著臉，看來也並非是佐和澤警部特別神經過敏。

典型的單身男子獨居住處。

室內不算太小，但也不大。不算太亂，但也沒在整理——死者沒有比較親的親人（倒是有「比較不親的親人」），因此在鑑識人員撤離後，房內物品就似乎一直保持著原樣。

「浴室在這邊對吧？」

今日子小姐毫無懼色，邊說邊向浴室走過去。

臭味變得愈發強烈——的感覺。

佐和澤警部甚至產生浴缸裡好像還留有部分屍塊的錯覺——當然，並沒有這回事。

就連磁磚上也沒有血跡。

至少表面很乾淨。

（要是用魯米諾發光檢查血液反應，浴室裡大概會閃閃發光得像是在地板埋了LED吧——）

「原來如此原來如此。浴室比我想像的還要大呢——我本來還以為在浴室進行『支解作業』會不會施展不開啊，照這樣看來，似乎可以勉勉強強塞進兩個人呢。」

兩個人。死者與兇手。

「說的也是……聖野帳算是矮小的……」

今日子小姐看似已經迅速進入「工作」模式，佐和澤警部也試圖趕上她的步調——然而內心卻還仍受到嗆人臭味（之類的感覺）影響，無法完全投入其中。

換作是自己，無論有什麼苦衷，無論有什麼動機，都不想在這種雖說比一般浴室還要寬敞些，但依舊屬於密閉空間進行那樣的作業。

「之所以非得在浴室裡進行支解作業，是為了把從切斷處流出的血液沖掉——對吧？」

佐和澤警部確認般地問道。

「應該——大概吧。」

今日子小姐頷首。

「加上或許的兇手原本就打算把屍塊全都往浴缸裡放也說不定。倘若打從一開始就決定要把屍體切成十幾塊，就必需要有存放的地方（POOL），以免切斷屍塊東一塊西一塊，弄得到處都是。」

「存放的地方（POOL）嗎……」

瞬間，佐和澤警部腦海中閃過二十五公尺游泳池（POOL）裡裝滿了支離破碎的人體的景象，不禁心情低落。雖說想也知道，今日子小姐在說出這個單字的時候，並沒有隱含如此深意。

「只是這麼一來，就更不明白兇手會想把死者支解成這樣的原因了。」

「想把死者支解成這樣的……原因？」

今日子小姐提出的疑問，讓佐和澤警部側著頭露出了「現在問這個？」的表情——再怎麼被現場的氣氛震懾住，也看得出來才是。

原因不是明擺在眼前嗎？

「這——因為死者就是這麼可恨不是嗎？該說是恨之入骨嗎……光是勒住脖子殺死他還不夠，非得把他的屍體大卸八塊，加以凌遲，方能解心頭之恨——不就是這麼回事嗎？」

「嗯，說的也是。」

今日子小姐點頭歸點頭，可是似乎一點也不同意佐和澤警部的見解——一般人的見解。

的確在咖啡廳裡，今日子小姐也是一直在檢討其他的可能性……只見她迅速脫下鞋子，踏進浴室——再怎麼膽大包天也該有個限度。

「不過，把痛恨之人支解到如此破碎，這樣就能釋懷，就會心情爽快嗎——我覺得反而會更不舒服呢。」

今日子小姐說。

「更不舒服……因為血腥味太重的關係嗎？」

「那當然也是原因，重點是要把一個人大卸八塊，其實是非常艱鉅的大工程不是嗎？而且只用了一把鋸子喔！要是用電鋸還說得過去。明明又沒有錢賺，還得這麼辛苦，會讓人覺得很不舒服吧？」

原來如此，是這個意思啊——確實是就算有錢賺也不想幹的活。

別說是報仇雪恨，萬一作業進行得不順利，可能還會徒增壓力。鋸到一半，突然「感覺不順所以不幹了」於是半途而廢也不奇怪吧——然而，不管這次的兇手心裡是怎麼想的，最後還是完成了分屍大業。

那顯然不是「鋸到一半」的狀態。

只不過從屍塊剖面的照片看來——雖然需要相當大的勇氣才能直視——手法似乎不太俐落。

「因此，我想先從兇手有沒有想要分屍的理由——不，是有沒有『必須分屍』的理由來推理……」

可是想不到什麼好的切入點呢——今日子小姐說著，探頭往浴缸裡看。

怎麼說，這的確是佐和澤警部沒有的立足點……甚至還覺得這樣分析人心似乎稍稍過於片面——應該假設兇手對死者的憎恨足以超越「累死了」或「手腳沒力了」這些理由，導致無法用利弊得失來衡量狀況吧。

感情跑在理智前面。

不就是這麼回事嗎。

「基本上，今日子小姐，真要討論起來，殺人這行為本身就不合理不是嗎——應該視兇手對死者的憎恨，原本就是這麼強烈。」

而且最令人傷腦筋的，是對死者恨之入骨的「嫌犯陣容」多得跟什麼似的——是要如何縮小範圍才好？

「找出肌肉痠痛的人如何？」

今日子小姐說出這種裝瘋賣傻的話之後，又補了一句。

「犯罪的動機不見得只有怨恨或憎惡哪。」

「什麼意思？難道你想說這是以劫財為目的的犯罪？」

現場好像沒有遺失錢包之類值錢的東西——不過單就可能性來說的話，倒也不是完全不可能。

網羅推理。

強盜殺人的可能性……

「可是，如果是強盜殺人，沒理由要將屍體大卸八塊吧？」

「天曉得。也可能是為了讓人誤以為是仇殺喔！」

「……」

她是聽過為了避免被警方從動機鎖定兇手，故意拿走現場值錢的財物，將仇殺偽裝成強盜殺人的手法，但是反過來的作法倒是很少聽說。

假設真的是將以劫財為目的的強盜殺人偽裝成仇殺——那麼如此執拗地將死者的屍體大卸八塊的行為，就要解釋成全是偽裝工作。

「正因為是偽裝工作，乾脆一不做、二不休地將屍體大卸八塊——的想法嗎？嗯……」

以理論而言，倒也不是不能成立。

可是，令人難以信服。

因為佐和澤警部才想過就算有人付錢，自己也不想做這種事——為了要掩飾以劫財為目的的犯罪，寧願把活人大卸八塊，怎麼想都太不合算。

超越不合理的不可理喻。

「是呀，很有道理。我也這麼認為。不過我方才之所以會說『不見得』，並不是這個意思。」

今日子小姐輕描淡寫——看樣子，這推理是佐和澤警部會錯意了。

（也對，即便是網羅推理，也不可能考慮這麼荒唐無稽的可能性——）

佐和澤警部深自反省，卻沒想到今日子小姐竟會接著提出了一個更為荒唐無稽的可能性。

荒唐無稽到極點。

「我想說的是對兇手而言，將死者支解到『支離破碎』是因為『很好玩』的可能性。」

「很……很好玩？」

「既不是『為了報仇雪恨』，也不是『由於恨之入骨』——而是以分屍為樂的殺人。」

今日子小姐說到這裡，才總算把臉從浴缸裡抬起來。

「假設『把人體大卸八塊』這件事本身就是兇手的目的，是其行兇的動力所在，那麼聖野帳先生的遺體呈現的狀態，就能得到合理的說明。就算是辛苦的作業，只要將其當成遊戲感到愉悅，就不會覺得辛苦了。」

當成遊戲——愉悅。

這已經超越了計較利弊得失的範圍。

獵奇——真的，只有獵奇二字可以形容了。

只是，荒唐無稽歸荒唐無稽，比起「為了將強盜殺人偽裝成仇殺」的假設，這樣還比較合理一點點。

因為對死者恨之入骨的嫌犯實在太多，以致下意識地從那個角度去思考——或許也必須對「聖野帳的死與他的人格無關」的可能性來加以探討。

「既然每個可能涉案的人都有不在場證明，就應該假設嫌犯在這群人以外——今日子小姐，你是這個意思嗎？」

「是的。只不過，忘卻偵探是不會往這方向追查的——不可能在一天內找出不曉得躲在哪裡的獵奇殺人犯。因此，這方面的調查就交給警方的組織動員力。身為時間受到限制的人，請讓我專心推翻不在場證明吧。」

今日子小姐繼續說。

「如果讓我老實說出自己的感想，是有些不自然的地方。每個怨恨死者的嫌犯都有不在場證明——甚至讓人覺得有些造作。」

「……先向你報告一下，嫌犯們並未有串供、互相包庇的跡象，他們的不在場證明都是各自成立的。」

「這樣啊。那，這些各自成立的不在場證明都毫無破綻嗎？完全沒有任何質疑的餘地？」

要這樣追究起來，當然不敢說絕對沒有——只是，至少從佐和澤警部有限的經驗來判斷，這些不在場證明全都是真的。

「因為是在平日的大白天犯下的罪行。縱使不是完美到一分一秒都無懈可擊的不在場證明，畢竟那個時間不是在上班就是去上學，基本上不在場證明都能成立——除此之外，也必須顧及從每個嫌犯住的地方到這棟大樓之間的距離這個問題。」

「原來如此，那麼『剛好在案發時間有不在場證明反而不自然』這種雞蛋裡挑骨頭的詰問，就不管用了呢……這樣的話，這部分容我稍後再徹底追究，接著就輪到來看看當時的現場照片吧？」

今日子小姐說得好似理所當然——對於佐和澤警部而言，卻是連摸到都覺得毛骨悚然的照片。

光是想到自己的智慧型手機裡面存有那種照片，就好想把手機從窗戶扔出去——真想趕快破案，把照片刪掉。

「啊……現在的手機畫質好好哦……還能局部放大，真是太方便了。」

今日子小姐只有「現在」的記憶——比起照片本身，她對手機的畫質更感興趣——但是當手機裡映出浴缸的照片時，她臉上的表情瞬間轉為嚴肅。

「唔……這還真是驚人。」

今日子小姐轉眼間就學會如何操作觸控式螢幕，一下子左右捲動，一下子放大縮小，目不轉睛地觀察當天的現場照片及從各種角度拍下的屍塊。

說是「瞪」也不為過的凝視。

明明全都是一些正常人會想要移開目光的照片……說老實話，即便到了現在，佐和澤警部也還是瞇著眼睛，彷彿在看3D立體圖似地，刻意錯開視線焦點，不要看得太清楚。

「嗯……」

彷彿是為了深深烙印在記憶裡——只能維持一天的記憶——今日子小姐一再將臉湊近手機，眼鏡的鏡片幾乎都要貼在畫面上了——做到這種地步，反而又無法對焦吧。

「如……如何？今日子小姐。」

佐和澤警部耐不住沉默，開口發問。今日子小姐聞聲才總算將視線移開手機，轉過身來。

「呃，啊……今日子小姐？」

滿面笑容。

「真是支離破碎的屍體呢。」

偵探說道。

不，就算不是偵探，任誰也顯而易見。

「站著不好說話，我們去客廳吧，佐和澤警部。」

「欸，啊，好的……」

雖然說這要求來得突然，但是只要能離開這間浴室，佐和澤警部倒是舉雙手雙腳贊成。

「啊，對了，佐和澤警部——如果您身上有簽字筆，可以借我嗎？」

5

基本上在調查時絕不抄筆記的忘卻偵探居然會向自己借麥克筆——這令佐和澤警部覺得很不解，但稍後隨即反應過來今日子小姐意欲何為。

因為今日子小姐是在看完死者的屍體照片之後，馬上這麼問——並不是佐和澤警部的直覺特別好——而且其推測結果也不是完全正確。

（大概打算畫下屍體是如何被「支解」的吧）

儲存在手機裡的照片，除了有塞滿支離破碎屍體的浴缸，還有每個屍塊的個別特寫——看到那些照片，任誰都會想看看「把零散的屍塊重新拼回人形的樣子」。

不，並不會想看吧。

不過要是畫成圖面，確實應該有助於釐清案情——佐和澤警部在看照片這階段就已經嚇得東倒西歪，失去畫圖的力氣，但是強悍的今日子小姐絲毫不見退縮，反而意氣風發地打算將其付諸實行。

這個人總是這樣。

工作時總是神采奕奕。

與其說會因此覺得她真是可靠，不如說更會讓旁觀者感到膽戰心驚——只是，她都打算要把遭到支解的屍體畫下來了，沒理由不把筆給她。

佐和澤警部把隨身攜帶的麥克筆交給她——正要順便從筆記本撕下一張紙給她時，今日子小姐卻不接過。

「不用，這樣就夠了。」

怎麼？不是要畫圖嗎？

當佐和澤警部還在心想難道又是自己會錯意，今日子小姐已經坐進客廳裡的沙發，脱下長版背心，將穿在底下的長袖襯衫捲到肩頭。

然後在自己裸露出來的手臂上開始寫字。
在手腕的位置，畫上一圈粗粗的黑線。
「欸……這，難不成……」
「沒錯，就是切斷線。」
今日子小姐一邊回答，一邊迅速地畫出下一條「切斷線」——畫在自己的身體上。
接著是左邊的肩膀。
（不是要畫圖……而是要用自己的身體重現「破碎的屍體」嗎）
仔細想想，要是有今日子小姐那樣的頭腦，即使只讓她迅速瀏覽屍塊一遍，也能不慌不忙、有條不紊地在腦子裡完成拼圖吧——最快的偵探似乎已拋下佐和澤警部，進入下一個階段了。
在左手的大拇指根部也拉出一圈黑線之後，今日子小姐把麥克筆換到左手拿——接下來畫右手的手肘。
「這、這有什麼含意嗎？」——

佐和澤警部忍不住提出這個問題。

利用自己的肉體模擬遭到支解的屍體支離破碎的狀態，實在不是正常人會有的想法——佐和澤警部實在不認為這麼做能引導出真相來。

「我也不曉得……就只是想到什麼做什麼。」

今日子小姐的回答一整個顧左右而言他。

筆尖先在右手肘轉一圈，接著又繞過右手無名指的第二個關節，今日子小姐又再把筆拿回右手，這次是往脖子畫上一圈——在她纖細的粉頸勾勒出一條黑線。

那些都不過是用佐和澤警部自己平常使用的筆，勾勒出再也普通不過的黑色墨水線條，但是一想到那些線都是「切斷線」，就覺得有種難以直視的異樣感。

（真不愧是今日子小姐，做事真徹底）

這樣的心情，與——

（有必要做到這樣嗎）

這樣的心情並行不悖——支離破碎。

只不過，今日子小姐肯定沒有這種支離破碎的心情吧——一心只有找出案件真相的心情。

這般一心一意也充分表露在其行動之中——雖說是同性，但是在「初次見面」的佐和澤警部面前，今日子小姐也絲毫不以為意，把長裙豪爽一掀就掀到快要露出內褲的高度。

因為大腿根部也有「切斷線」。

右腳是小腿的部分。

左腳則是在關節附近。

兩處都是轉到內側就非常不好畫線的部位，但今日子小姐仍然靈活地卷曲身體，順利畫上一圈黑線。

思路很有彈性的她，身體似乎也像貓咪一樣柔軟——正在佐和澤警部大感佩服的當口，今日子小姐已經在右腳的小腿畫好線了。

然後是左腳的膝蓋。

「喵呀。」

這時，今日子小姐悶哼一聲。

大概是在膝蓋內側畫線的時候，覺得很癢吧——但是筆下的黑線，卻仍不偏不倚地畫好了一整圈。

（不過……或許只是當然，但還真虧她能全部記下來啊）

因為切斷處實在是太多了，多到就連佐和澤警部要是不看紀錄，也記不得死者到底是被分成幾塊，是從哪裡、怎麼切下來的……

沒把脫在浴室裡的襪子穿回去，或許也是為了這個原因——只見今日子小姐像蹺二郎腿似地抬起腳來，在左腳中指與小指的附近畫上黑線。再說得仔細一點，是用黑線把中指關節處、小指的根部圈起來——真是一絲不苟的作業，一絲不苟的記憶。

接著從右腳正中央，沿著通過腳掌足弓的軌道，筆直畫上一分為二的切斷線。

「只剩下身體對吧。」

「是、是的，只剩下身體。」

雖然佐和澤警部對今日子小姐大膽的舉動與其說是臉紅心跳，更接近是膽戰心驚，但也終究記得刻畫在聖野帳屍體身上的鋸痕。

「背部我真的搆不到呢，佐和澤警部，可以請您代勞嗎？」

「咦？請我代勞？欸？」

「我會把襯衫掀起來，身體這條切斷線就拜託您了。」

今日子小姐說完，便從沙發上站起身，並把塞在裙子裡的襯衫一掀，露出腹部——纖細到令人擔心的腰身，恐怕連一絲絲的贅肉也沒有吧。

要在這般美體上畫下切斷線，恐怕外科醫生也會猶豫再三吧——該說是背德嗎？佐和澤警部總覺得自己好像正要做一件非常不道德的事，只得極力裝出冷靜的模樣，接受偵探的請託。

再怎麼表現出冷靜的樣子，筆下線條還是藏不住顫抖——比今日子小姐用左手畫的線還要歪七扭八。

（話說，縱使用右手，今日子小姐怎能徒手畫出那麼漂亮的線條……）

即使不計「嚴格遵守保密義務的忘卻偵探」這個賣點，這個人根本上仍舊還是個多才多藝的人——回頭想想，像操作智慧型手機這種事，原本也絕非一拿到就能立刻就能理解上手的。

總算是畫完一圈歪七扭八的線，勉強連接了起點與終點，佐和澤警部盡可能不動聲色卻又迅速地和今日子小姐的身體重新保持距離——在這距離感之下，即使看在女人眼中，忘卻偵探的裸露肌膚也還是太養眼。

「謝謝。」

今日子小姐當然沒想到這些，但是也沒把襯衫塞回去，就只是把下擺在肚子的地方打了個結——想必是為了露出切斷線。

因此，當她坐回沙發，又把長裙拉到快要露出內褲的高度時，已經嚇不倒佐和澤警部了。而當畫線作業告一段落——原來如此，的確是淺顯易懂。

比起畫成二次元的平面圖，不如像這樣立體地在人體上拉線連連看，還更能真實地想像死者是怎麼被「大卸八塊」的。

「佐和澤警部，不好意思，可以把掛在那邊的鏡子，拿到我面前來嗎？

因為我自己看不到脖子上的切斷線。」

「好、好的。」

佐和澤警部完全照著她的吩咐做。

這不是警部的工作——雖說今日子小姐應該沒有固定的偵探助手，但就算是華生，記得也不曾被福爾摩斯這樣使喚。

「切斷線一共有十四條。」

就在佐和澤警部把玄關附近的鏡子從牆上的掛勾取下，搬進客廳之時，今日子小姐低聲說道——並非是對著佐和澤警部說，而是在自言自語。

似乎是藉由發聲來整合思緒。

「也就是說，死者的屍體被切成十五塊——①頭部。②整條左臂。③左手腕。④左手大拇指。⑤右下臂。⑥右手無名指。⑦軀幹。⑧腰部。⑨左腳大腿。⑩左膝以下。⑪左腳中指。⑫左腳小指。⑬右腳小腿以上。⑭右腳小腿以下。⑮右腳腳尖。」

嗯……

說到這裡，今日子小姐抬頭看向天花板——恰恰是佐和澤警部把鏡子放在她正前方時。

一直以「切成十幾塊」來含糊帶過的佐和澤警部，在聽到這麼具體的數字時，也不禁思索起其中有什意義來，但今日子小姐——大概不是在煩惱這麼表面的問題吧。

「……莫非你認為切斷線的位置有什麼意義嗎？」

「我認為有，但又感覺好像沒有……『十五』這個數字，從字面上看算是個常用的倍數，要說來也是意味深長，似乎可以代入各式各樣的解讀，因此我試著在腦海中網羅所有的可能性——可是在解剖學上，似乎沒什麼特別的意思。所以現階段，只能推斷如此做其實並沒什麼重大的意義，單純是『看到哪裡就鋸哪裡』。」

「這樣啊……」

用麥克筆畫得全身到處都是線，竟然僅得到這種結論而已，也實在是太無謂了，但今日子小姐原本就是將其視為嘗試錯誤的一環，因此看來也未有絲毫失望。

（何況，這只是「現階段」的結論……或許還是有意義的）

之所以會抱持「兇手這麼切是有意義的」這種期待，與其說是認為如此一來能跨出破案第一步，更或許是因為若要去想像「世上有毫無任何意義就把人體支解成這樣的兇手」，總是會讓人有一股無以名狀的不舒服。

更別說去想像這麼做，是基於對死者的怨恨……

「要說的話——我倒是對於『指頭』滿在意的呢。」

「『指頭』？」

被今日子小姐這麼一說，佐和澤警部望向她的雙手——④左手大拇指、⑥右手無名指。

「還有⑪左腳中指、⑫左腳小指。」

今日子小姐舉起左腳，靈活轉動用黑線圈起來的中指和小指，展示給佐和澤警部看——真是莫名其妙的動作，不曉得她要強調什麼。

「……『指頭』怎麼了嗎？」

還能怎麼，就被『切斷』了啊——佐和澤警部在心中自嘲。是哪裡讓她覺得有問題呢。既然有鋸子，那幾處反而原本就是較容易支解的部位……

「沒錯。的確是較容易支解的部位——即使不用鋸子也能支解才是。」

「嗯……所以你的意思是？」

「舉個例子，那是改用廚房裡的菜刀，也能輕易切斷的部位。」

「這倒是……可以是可以，但是手邊明明有鋸子，還會特地去廚房拿菜刀嗎？我認為不會。」

「沒錯。所以廚房的菜刀只是『舉個例子』。我想說的正是手邊明明有銳利的鋸子——還會去切斷那種用別種刀子也能輕易切斷的部位嗎？」

「……」

這推理有些糾結……或該說是有些反向思考，但經她一提醒，佐和澤警部覺得這倒也不無道理。

如果手持鋸子那種強力的凶器，再加上強烈的怨恨，想切斷的應該是靠近軀幹的部位，而非指尖這種四肢末梢——也就是說，兇手有什麼非得切斷死者的『指頭』不可的理由嗎？

「從照片看不出來——佐和澤警部，已經知道死者的屍體是依什麼順序被切斷的嗎？換言之，鋸子是依什麼順序砍在這十四條切斷線上的呢？」

「呃……」

這點佐和澤警部也當然徹底調查過了——然而遺憾的是，答案是「無法判斷」。

「因為所有支解動作都是在絞殺後短時間內完成，很難從狀態上區別……勉強說來，或許只能從堆疊在浴缸裡的順序來推測個大概。」

「原來如此原來如此。可是，這樣推測很不可靠呢——不知道是先鋸手臂再鋸手指，還是先鋸手指再鋸手臂。」

今日子小姐依序看著自己身上的切斷線，說著這種令人不寒而慄的話。

「即使為求方便簡稱切成十五塊，但是在切斷軀幹時，內臟且也全都會被切到吧！嚴密地說，屍體應該是被切得更支離破碎才是——嗯，佐和澤警部，您剛才說什麼？」

「什麼？我剛才說了什麼嗎……」

話說到一半，今日子小姐突然間想到就問，讓佐和澤警部一瞬反應不過來——什麼說了什麼啊——正當佐和澤警部愣在當場，今日子小姐又補充說明了問題的主旨。

「您說所有的支解動作都是在絞殺後短時間內完成的——這麼說，已經具體知道兇手總共花多少時間把死者大卸八塊了嗎？」

「呃，不，那句話有語病。應該說依舊只能估算花費在支解的時間，抓個大概。」

「又是大概啊……」

今日子小姐看似有些失望，把正要探出來的身子又靠回椅背上——這種狀態下做出太大的動作，可是會讓人因為那撩起來的裙子不知何時會走光而心驚膽跳，真希望她能自愛一點。

要是被砍斷的是更尷尬的部位，這個人又會怎麼做呢……心驚膽跳到連這樣的疑問都閃過佐和澤警部的腦海。

「從胃裡的殘留物可以精確限定出推定死亡時間，正是一週前的……現在這個時候。」

雖然並不是刻意補充說明，佐和澤警部還是看著房裡的時鐘這麼說。時鐘的指針剛好指著正午。

「根據鑑識人員的判斷，要把屍體支解成那樣，要花上將近兩個小時。換句話說，兇手是從正午到下午兩點之間，在浴室裡進行分屍作業。」

「將近——這個『將近』的誤差範圍有多大呢？賣力一點的話，有辦法在一個小時內辦到嗎？」

「我、我不曉得『賣力』一點這個詞適不適當……但至少也要一個半小時。一個小時是絕對辦不到的。」

試想要在一個小時內把屍體鋸斷十四次，相當於鋸斷一次花不到五分鐘——如果真的都是鋸指頭還有可能，但怎麼想都不可能在五分鐘以內鋸斷軀幹或脖子。

「反過來說，視兇手的體力，別說兩小時了，花上更多時間都有可能。

就算花上三個小時或四個小時也不奇怪。」

雖然不願意想像，但是如果由臂力不大的自己動手，可能得花上整整一天吧——佐和澤警部心想。就算拚了命地趕進度，大概也得花上半天。因此平心而論，抓兩小時的時間，或許已經是抓得非常緊的數字。

「說到不在場證明——從正午到下午兩點之間的不在場證明就顯得格外重要了。然而，偏偏所有嫌犯在這段時間裡，都有牢不可破的不在場證明。」

「是的，正是如此。只是如同我剛剛所說，上班族或學生，在這時段會有不在場證明也是當然——而且還是午餐時間哪。」

「嗯。那麼換個角度來切入吧——雖說我不會切成這麼多塊的。」

今日子小姐似乎為了緩和現場的氣氛，語帶雙關地說起笑話。

實在笑不出來。

「死者聖野帳先生再怎麼可恨，也不見得所有人對他的憎恨程度都是一樣。比如說最可疑、最有可能犯下這個滔天大罪的嫌犯——具體而言，其不在場證明究竟是如何？」

「嗯，這個嘛……」

佐和澤警部從懷裡拿出記事本——裡頭記錄著數量龐大的嫌犯們當天的行動。即便不是忘卻偵探，也無法背誦出來。

（更何況……就算背得出來，要鉅細靡遺地描述嫌犯們將近無懈可擊的不在場證明，也橫豎都只是令人憂鬱的工作）

這種情況的「將近」——倒是幾乎沒有誤差就是了。

6

在調查時不做筆記是忘卻偵探的基本工作態度，但這堅持似乎比佐和澤警部至今以為的還要徹底，今日子小姐在聽取所有嫌犯的不在場證明時，也都不做任何紀錄——如果不再用的話，真覺得她差不多也該把剛才借的麥克筆還回來了。

儘管如此，佐和澤警部還是花了將近一個小時，盡可能懇切地、仔細地向她說明死者身邊人物的不在場證明，但今日子小姐始終沒什麼反應。

接下來，她大概打算正式開始推翻那些不在場證明的推理吧——然而嫌犯們的不在場證明每個都是單純到極點，讓警方不得不承認根本沒有動手腳的餘地。

當然，絕不是沒有分秒空白——只是，肯定沒有任何一個人抽得出兩個小時去犯案。

就連擠出一個小時也很難。

毋寧說，就是這些不在場證明的「不夠完美」，才無從留下任何可以動手腳的餘地。

「正因為不夠完美，看起來才完美無缺——正因為有些斧鑿的痕跡，看起來才像沒動手腳。該說是雜亂無章還是什麼呢——總之是支離破碎的。」

今日子小姐吐露這般感想。

看似有些難以釋懷。

「如此一來，還是再另外搜尋嫌犯比較實際……這就交給警方的各位了。嗯……如果……即使這樣還是要推翻不在場證明的話……」

今日子小姐說著，總算伸手整理起她那身不整的衣裝——把襯衫及裙擺拉好，套上放在一旁的長背心。

佐和澤警部正頭痛該把視線放在哪裡才好，她願意整裝真是太好了——然而，今日子小姐的話也令人在意。

即使這樣還是要推翻——的話？

「即使這樣還是要推翻——就只有加快速度了。加快『支解』的速度。極端地說，如果能夠在一分鐘內就把死者給『支解』，幾乎所有人的不在場證明都不成立了。」

呃。

事實上，這展開正是佐和澤警部對「最快偵探」的期待——方才在她的要求下轉述了從鑑識那裡聽來的情報說著「沒有嫌犯能犯案」，但是倘若有什麼方法可以縮短犯案時間，就能推翻不在場證明——佐和澤警部就是基於這個想法，才會打電話給置手紙偵探事務所。

多如繁星的偵探之中，如果是在速度上無人能望其項背的「最快偵探」──或許真能想出實現「最快支解」的方法。

「一分鐘內」的確是該說略嫌病態，或該說是太像漫畫嗎……怎麼說也太極端了，不過，若是真能把犯案時間縮短到三十分鐘左右，眾多嫌犯裡就有人的不在場證明會失效了。

「只是，我想鑑識人員認為『至少也要花上一個半小時才能切成這樣』的判斷，應該是無庸置疑的──應該尊重專業的意見。嗚咪……這麼一來，是不是省略了哪一道手續呢。」

發出宛如貓咪般可愛低喃後，今日子小姐飄飄然地站起身，從始終站在一旁的佐和澤警部身邊走過。

不知她想去哪裡──這讓佐和澤警部一時心慌，但看樣子是要再去檢查浴室一次。才因為可以遠離那個總覺得有味道的案發現場，內心感到如釋重負，可是眼見偵探都出動了，佐和澤警部也不能不跟上去。

「浴室裡有什麼遺漏的線索嗎？」

「不，應該沒有遺漏之處——只是繼續再體驗。」

繼續再體驗。

體驗——死者支離破碎屍體的感覺嗎？

佐和澤警部尚未能理解她這句話的意思，今日子小姐已經進了浴室躺在地板上了——雖說這間浴室還算寬敞，但也沒大到可以讓一個人躺在地上滾來滾去。

個頭不高但是腿很長的今日子小姐，把伸展不開的長腿靠在牆上——也因此使得裙子滑落，原本藏在底下的切斷線又再次映入眼簾。

「是這個樣子嗎？」

「這……這個樣子是指？」

「我是說，死者聖野帳先生是以這樣躺在地上被大卸八塊嗎。而佐和澤警部現在站的位置，則剛好就是兇手站的位置吧。」

「……」

不知不覺間被賦予兇手的角色。

今日子小姐負責回溯屍體的體驗，佐和澤警部則是回溯兇手的體驗。她是想重現到什麼地步啊——一個搞不好，或許還會說出「請用鋸子把我切開」之類的。

「這樣看來，最早砍下的應該就是左右腳吧。沒有腳，就能把身體塞進浴室的地板上，接下來的作業就簡單多了——然後是手臂吧？如此一來，最醒目的軀幹上這條線，反倒可能是最後才鋸下去的——也得考慮到跑出來的內臟呢。」

今日子小姐講得像是在執行普洛克拉斯提之床（The Bed of Procrustes）（註：普洛克拉斯提是希臘神話中一位生性殘暴的國王，爲了讓床符合客人的身高，用斧頭把太高的人雙腿截短，把太矮的人身體拉長）似的，但這可不是危言聳聽，她似乎是認真在思考屍體的「支解順序」。

老實說，佐和澤警部只覺得——都支解成那麼多塊了，順序什麼的根本不重要吧。

「不不不，即使是鮪魚的解體秀，也有所謂最迅速的步驟。若想追求最快的速度，就必須思考要『以什麼順序來支解會最有效率』才行——是否先切斷手臂再剁手指比較快、是否先把頭砍掉之後再切開肩膀會比較容易。像這樣實際躺在地上，會有很多發現呢！」

「有、有很多發現嗎……」

佐和澤警部愈來愈搞不懂今日子小姐了——還是為了追求真相，就應該深入到這個地步呢？既然如此，奉命扮演兇手的佐和澤警部是否也「必須」從「兇手」的角度思考「要照什麼順序拿鋸子把躺在地上的今日子小姐身體鋸開」比較好呢？

（如果是我的話……會想從比較輕鬆的地方開始動手——才不管什麼效率，總之先從輕鬆的部分開始……所以從指頭……）

嗯？慢著。

雖然一下太投入「將認識的人分屍」這種殘忍至極的想像，但是回神一想，這狀況是否應該要反過來想？

死者聖野帳身上並未真的畫有切斷線——雖說將兩者相提並論真的不甚

恰當，然而這和鮪魚的解體秀在本質上原本就大不相同。

不只很難想像兇手是一開始就決定好「要切成這樣」，而且如果只是摸到哪裡就鋸哪裡，鋸到鋸子齒刃全壞光的話，根本沒有最快的步驟可言。

「就是說呀。」

今日子小姐似乎早就察覺到這一點了——不過這也就是她的特色，想到什麼就拿出來檢視的網羅推理。

「何況，無視步驟先後、不去想任何多餘的事，只是渾然忘我地猛拉鋸子，說不定反而比較快哪。」

雖然這意見時在直接到露骨，但是比起賣弄小聰明地企圖節省時間，這麼做或許方為上策——不，不該說是上策，應該說是胸中無策，然而在賽局理論只是理想論的人類社會裡，無謀無策可也是強大。

放棄浪費在思考上的勞力，更能顯著地提升作業效率。

「有沒有『凶器不是鋸子』的可能性呢？」

「如果不是鋸子……咦？像你剛才提到的廚房菜刀嗎？」

發問聲都從正下方傳來，回答起來感覺怪怪的。但也不能因此就跟她一起躺在地上——既沒有那麼大的空間，也沒有意義。

「並不是。是指能在短時間內完事的凶器，電鋸會發出巨大聲響，考慮到左鄰右舍的耳目，應該不會用到電鋸，所以想會不會是用了巨大的斧頭或柴刀之類。用這些工具或許只要三十分鐘左右，就能製造出同樣的現場——因為只要用力地揮下去就行了。」

原來如此，有見地。

可是，這只是紙上談兵，不過是理想論而已。

從傷口已經百分之百確定凶器就是遺留在現場的鋸子，若使用斧頭或柴刀，浴室的地板不可能毫無損傷——目光所及，地板、牆壁和浴缸都沒有那麼大的傷痕。

再加上要在浴室揮舞斧頭或柴刀想必也相當困難。如果要在室內支解一個人，鋸子或許的確是絕佳選擇。

不曉得是否因為靈感已經枯竭，只見今日子小姐沉默了下來，仰躺著閉上雙眼——表情很平靜，不會就這樣為了回溯死者臨死之際的體驗，打算睡上一覺吧？

「這……呃，今日子小姐？」

睡著就糟了。

忘卻偵探今日子小姐的記憶每天都會重置——說得更正確一點，是一覺醒來就記憶會重置。

要是在這裡睡著，佐和澤警部就必須把截至目前，曾經對她鉅細靡遺說明過的案情概要、所有嫌犯的不在場證明重複一遍——那才是浪費時間。

「浪費時間。」

今日子小姐依舊閉著雙眼，但就像是聽到佐和澤警部心中所想似的，突然這麼說——因為是在浴室裡，「浪費」這個詞的聲響顯得格外響亮。

「如果真的想節省時間不浪費，其實有個最快的方法——如果只是單純要把屍體切成十五塊的話。」

「什麼？……呃，如果有，請快告訴我。不要再躺在那裡了。」

「躺在這裡也是調查的一環哪。」

今日子小姐邊說邊站起來——佐和澤警部還以為終於能和她視線相對，但今日子小姐這下又直接鑽進浴缸裡。

看來已經完成被切成十五塊的想像，接著進入被塞進浴缸的階段——或許是為了盡可能原汁原味重現，今日子小姐卷曲自己的身體，窩在浴缸。

佐和澤警部是說過「不要再躺在那裡」，但是可沒說過「請把自己裝進浴缸裡」……

這些都不重要，重要的是——「最快的方法」是什麼？

「只要召集十四個人，同時用鋸子分屍就好了啦。」

今日子小姐在佐和澤警部的催促下，以顯然興致缺缺的口吻說道。

「沒有什麼步驟，只要在鋸脖子的同時也鋸軀幹同時鋸肩頭同時鋸手腕同時鋸手肘同時鋸大拇指同時鋸無名指同時鋸腰部同時鋸大腿同時鋸膝蓋同時鋸小腿同時鋸中指同時鋸小指同時鋸指尖就好了。」

「咦……咦？」

呃，的確，這樣也是沒錯。

只要採用這個方法，就能大幅節省作業時間——別說是三十分鐘，或許只要十五分鐘左右就能搞定了。

但這時就必須準備十四把鋸子當凶器，然後只留下其中一把在現場——

「是的。用膝蓋想也知道，這才是紙上談兵。只要躺在地上就知道了，在這間浴室裡要擠進十四個人——加上死者的遺體是十五個人——根本是不可能的事。」

是呀，就連兩個人（加上屍體是三個人）也擠不進去吧——雖是還不小的浴室，但是再不小也是在「一個人生活的前提下」不算小。

「更何況，嚴格說來，即使是量產的商品，也不會有兩把『一模一樣的鋸子』。我並沒有問得這麼細，可是如果切斷每個部位時所使用的鋸子都不一樣，鑑識人員應該會注意到才對。」

「這樣啊——科學調查也日新月異呢！」

今日子小姐似乎很佩服鑑識技術的進步。只是她仍縮在浴缸裡，佐和澤警部看不見她的表情。

「那麼，我原本打算接著提出『由同一個兇手左右開弓，雙手各持一把鋸子進行支解作業』的假設，這就在提出前先收回好了。」

這啥假設啊。

要單手拉動鋸子是不可能的吧。

「說的也是——而且佐和澤警部也說過，嫌犯之間並沒有共犯關係。」

「欸？不，我沒有說過這種話呀。」

由於腦中沒有這段記憶，佐和澤警部於是反射性地否認——是今日子小姐記錯了吧？不，忘卻偵探不會記錯當天發生的事。既然如此，她是根據自己說的哪句話做出這樣的結論……

「您不是說過嗎，嫌犯們沒有串供、互相包庇、為彼此的不在場證明做偽證的可能性。」

「啊——我是說過。」

那真的只是如同字面所見「嫌犯們沒有為彼此的不在場證明做偽證的

可能性」而已，可沒有否定「其間或有共犯關係」的可能性。

再說，本來佐和澤警部就幾乎不曾考慮過這個案子會是「由好幾個兇手共同犯案」的狀況——除了因為鑑識人員在透過科學技術分析之後已判定本案是「個人犯下的罪行」，佐和澤警部自己大概也從看浴室的面積大小，下意識地認定是單獨犯案。

畢竟死者太招人怨恨，就算只有一人份的殺意，也足以引發殺人命案——然而，如果是大量的嫌犯候選人中有幾個人勾結——十四個人嗎？這麼多人共同涉案的可能性究竟有多大？

舉例來說，假設分屍現場並不在浴室呢？像是先在客廳進行支解作業，再搬到浴室裡——不，即使是客廳，也擠不下十四個人。那，如果只有半數的七個人呢？

「七個人也擠不下吧。會擠到連立錐之地都沒有。就算真有這樣的『被害者協會』，現場也會一團混亂。」

今日子小姐說道。

「被害者協會」還說得真巧妙——即使在這案子裡是加害者。

「先把多如牛毛的疑問放到一邊，問題在於為何非得把七個人乃至十四個人聚集起來，將死者的遺體大卸八塊呢——嗯，無論是否有共犯關係，狀況似乎都不會有太大的改變。」

「是的……不過，萬一真有所謂的『被害者協會』，還希望他們以更合理的手段來對付聖野帳哪。縱使單兵作戰沒有勝算，只要能團結一致，或許就能給為非作歹的壞人一點顏色瞧瞧。」

「說的也是——不過佐和澤警部，您那也可能只是紙上談兵，畢竟團結一致是非常困難的。不是有句俗話說，只要一個人不出力，就算有兩個人也成不了大事嗎。」

這倒是。

就像與其思考多餘的事，心無旁騖地拉動鋸子還比較有效率。獨力作業的話，因為能集中精神，工作速度反而更快也說不定。

雖然又重新回到浴室裡，結果除了看著今日子小姐把自己塞進浴缸，感覺一無所獲。

「比起集結烏合之眾，什麼都不做還比較省事呢。」

佐和澤警不禁垂頭喪氣，也沒想陳述什麼太深的含意，就是隨口說說。

「佐和澤小姐，您剛才說什麼？」

今日子小姐說道。

還來呀？

這次又是什麼？

「比起集結烏合之眾，什麼都不做還比較省事——這句話我收下了！」

卷曲在浴缸裡的她一股作氣地站起來，總算看到今日子小姐的全身了——讓人覺得痛快的吶喊聲，在浴室裡迴盪。

她宛如湖中女神般高舉雙手——當然，別說是手持金斧頭、銀斧頭，那掌中就連鋸子也沒有。

不過，她顯然是掌握了什麼才起身——眼鏡鏡片後方的雙眼閃閃發光、神采奕奕，與直到剛才都還裝得一副屍體樣的她幾乎可以說是判若兩人——

怎麼了？是怎樣？

是哪句話讓她靈機一動？

是從佐和澤警部說的哪句話切入的？

明明哪句話裡都沒有切斷線。

「今……今日子小姐，你是想到什麼有力的假設嗎？」

「想到？假設？哪兒的話。我要呈現給您的——是真相。」

今日子小姐說著，伸出手指「嘖！嘖！嘖！」地裝模作樣搖了搖。

就連看在對她還算有好感的佐和澤警部眼中，也是會感覺火大的動作。

「我一開始就知道這個案子的真相了。」

為什麼要撒這種謊。

上午十一點接受委託，即使是在下午一點過後的現在就發現真相，也已經很快了，居然還想在其上追求速度，真是個貪心的偵探。

倘若一開始就知道真相，就不用在身上畫下切斷線，也不用躺在浴室、縮進浴缸——但要在此時戳破她，確實也太不識趣。

「這、這樣啊。真不愧是最快的偵探！辦事效率有夠高的啊。」

佐和澤警部努力配合她演戲。

「所謂『快到令人目不暇給』就是這樣吧。能以身實踐『迅雷不及掩耳』也只有您一人。那麼，請指引我這隻無知的迷途羔羊——今日子小姐，兇手到底是用什麼殘忍的手段，在這麼短的時間內將可憐的死者大卸八塊？」

演技雖然有點過於浮誇，但想知道真相的心情是千真萬確的。

「並不是在短時間內將其大卸八塊。」

今日子小姐搖頭。

「而是分別來大卸八塊，才縮短了時間。」

7

還以為她會換個地方說話，沒想到今日子小姐就這麼直挺挺地站在浴缸裡，開始解謎——在浴缸裡解明真相的名偵探，真是太新潮了。

解謎時的說話聲也響亮地迴盪在浴室裡，再加上乳白色的燈光，與其說是湖中女神，更像是維納斯的誕生。

（想想這或許還滿奢侈——居然能這樣獨佔所謂「名偵探的演說」）

說不定自己就是期待這樣的展開，才會委託今日子小姐。

如此自私的想法——

（想快快知道真相，把兇手繩之以法——讓他接受法律的制裁）

當然又和這種想法在心裡分別並存——支離破碎。

（支離破碎）

「本次案件的謎團，可說全都集中在『兇手為何要如此執拗地將死者大卸八塊』這點上。」

總之忘卻偵探以此話做為開場——雖說是「這次案件」，但是在她的記憶裡並不存在「上次案件」。

「死者聖野帳先生的確遭到許多人的怨恨，但是因為這樣就用鋸子把他鋸成十五塊，也稍嫌太過了些——該說是搞得像在表演嗎？總之，CP值整個太差了。」

雖覺得報仇雪恨這種行為應該沒有什麼CP值可言，但換個角度，也不能一口咬定在報仇時沒有人會考慮CP值。

CP值一向是很重要的課題。

（至少，還沒抓到兇手——也沒來自首。先不管有沒有湮滅證據的行為，但可見兇手應該確是抱持著「不想被抓」的心態）

絕非無能算計。

「也就是說，今日子小姐，如果假設是『並非基於仇恨才分屍』，就能解釋那個CP值的問題嗎？」

「是的——分屍的理由。合理性。必然性。為什麼要做出這種會讓肉體和精神皆不堪負荷的事——而像是這種目的不清的行為，往往行為本身就是目的。」

「『追求快感』之類嗎？」

如果將人體大卸八塊的行為本身即為一種娛樂，就算再辛苦也不會覺得辛苦——搞出分屍不免令人毛骨悚然，但是傑出人士也常常有這樣的傾向。

忘卻偵探也是如此吧。

佐和澤警部也曾經感到困惑，像她頭腦這麼好的人，為何會甘願成為一介個人事務所的偵探。

答案大概就是「因為她是偵探」吧。

模仿屍體，進行徹底的網羅推理——也只因為她是偵探。

可是，今日子小姐卻否定了佐和澤警部的附和。

「不，我想表達的是在那之前的問題。姑且不論『追求快感』這種精神上的報酬，要探究的是更現實的風險。花上兩個小時將人體大卸八塊，對兇手有什麼好處？」

「……」

報仇雪恨——要是這樣，那也是精神上的報酬。今日子小姐說的，應該是更現實的報酬。

「反過來問吧。將人體大卸八塊之後，兇手會有什麼具體的損失嗎？

除了肌肉痠痛以外。」

「除了肌肉痠痛以外……」

不用特別提醒，一般也不會動不動就想到肌肉痠痛的——損失嗎？

「我想想……破壞屍體，長時間待在現場，被捕的風險應該高到破表才對。只是結果剛好沒有被捕，但就算被捕也不足為奇。若要斟酌損益，勒死聖野帳以後就趕快逃走，顯然才是明智的抉擇。」

「那麼，這裡就是癥結點了。假如對兇手而言，將死者大卸八塊才是明智的抉擇呢？」

「……？也就是說……破壞屍體，長時間待在現場還比較有利嗎？顯然這也未免……」

「破壞屍體，長時間待在現場的結果——」

今日子小姐說道。

「讓•••眾•••多•••嫌•••犯•••的不在場證明都成立了。」

「啊……」

製造——不在場證明。

不，不對。

不是製造不在場證明，而是製造分屍案件本身。

像是在做勞作一般，將死者的身體一再支解切割到破碎——好給犯案的時間「灌水」。

把原本要是勒死對方就立刻逃跑，只需要幾分鐘就能搞定的殺人行為，加工成為需要耗費將近兩個小時——至少也要一個半小時，搞不好得花上三、四個小時的重勞動。

（一般人為了讓不在場證明成立，都會盡可能以最快的速度完成犯案——可是兇手卻反其道而行，故意延長犯案時間——）

藉由拖延行為，讓嫌犯的不在場證明更容易成立。

無法完整空下兩個小時的人就能自嫌犯名單上剔除——這確實是很明確的好處。

價值連城的掩飾工作。

（這也是選擇用鋸子來支解死者的原因嗎——刻意選擇「比較花時間的凶器」來支解屍體，而不是斧頭或柴刀……）

直到剛才還深信那是最適合在密閉空間裡支解人體的凶器——可是兇手使用鋸子的目的顯然並非著眼於那裡。

而是在「時間」。

即使案發時間是在大白天，但全體嫌犯的不在場證明之所以都能成立，這才是原因所在——不，佐和澤警部也當然知道這才是原因所在，但還是沒想到犯案的時間長短，竟有著如此刻意的人為操作。

「……不過，請等一下，今日子小姐。即使是為了讓不在場證明更容易成立，將死者加以支解，藉此延長犯案時間，但兇手實際上還是得花那麼多時間犯案——所以，不在場證明終究無法成立啊。」

難不成兇手在殺害恨之入骨的死者時，還為了不讓其他嫌犯被誤認為真兇，費心動了這種小手腳——或應該說是大工程嗎？

不是為自己製造不在場證明，而是為其他嫌犯製造不在場證明……這樣乍聽之下幾乎是美談了……但是，如果有做這些事的餘力，應該先確保自己的不在場證明吧。

「所以說——是分別來大卸八塊，才縮短了時間。」

今日子小姐又重複一次剛才那句不知所云的話——分別來大卸八塊，才縮短了時間。

「再怎麼推敲佐和澤警部所提供的資訊，從正午之後的整整兩個小時，沒有任何一個嫌犯的不在場證明是有破綻的——可是，也並非每個嫌犯的不在場證明都是足足從正午之後的完整兩小時，大部分的人都有些不知去向的空白時間——有人是五分鐘、有人是十五分鐘，有人是三十分鐘，有人是五十分鐘，有人則是一個小時——空白的時間長短不一。」

「呃……空白時間嗎？那又……」

怎樣——明明話已經滾到嘴邊。

該說是終於嗎——佐和澤警部終於後知後覺地摸索到真相——忘卻偵探暗示的真相。

「……！」

原來如此——原來是這麼回事啊！

那麼，兇手不只一個人——

「是的。至少十六個人，最多二十五個人左右吧？這樁分屍慘案，是由『被害者協會』主導的分工殺人。被分割的不只是屍體——就連犯罪行為本身，也是被分割的。」

今日子小姐沿著畫在身上的切斷線輕撫。

分工殺人。合作殺人。

「平均每個人的犯案時間為五到十五分鐘。第一個人先勒死他，然後就馬上離開。第二個人再脫掉他的衣服，把他搬到浴室裡，然後就馬上離開。第三個人切斷他的手，然後就馬上離開。第四個人切斷他的腳，然後就馬上離開。第五個人砍下他的頭，然後就馬上離開。第六個人鋸開他的身體，然後就馬上離開……以此類推，兇手『們』依序抽出些許自己的時間，將死者支解成十五塊。以上只是舉例，順序也不是重點。或許還可以把支解作業分割得更細，像是可能有人把身體切到一半，就停手交棒給下一個人，先行離去。或許有些兇手還會照到面，但是基本上，我想每個人都是單獨犯案，個別負責承擔一部分的罪行。」

「……從頭到尾都用同一把鋸子，用到鋸齒都斷了，就是要讓人以為是單獨犯案嗎？」

十四個人一起上，一口氣將死者分屍——這個異想天開的假設幾乎是要正中紅心。只不過「被害者協會」並非齊聚一堂，而是所有人把時間錯開，分別前往現場犯案——分工。

每個人各擠出五到十分鐘的空檔。

個別完成自己能力所及的部分。

並非團結一致——而是支離破碎。

全無整合。

（只要一個人不出力——就算有兩個人也成不了大事）

「那麼……只切斷『指頭』的，是其中抽不出太多時間的兇手嗎？」

「也可能是沒有臂力的老人、女性或小孩所為——即使用上鋸子，要在有限的時間之內切斷指頭也很費力呢。」

「……」

總覺得——感覺不太痛快。

不，謎底已經解開了，本來應該覺得很痛快才對——但，這居然是為了「拉長犯案時間」，由好幾個兇手「分工合作」的分屍命案。

如此完全與怨恨、復仇、或者是獵奇這樣的情緒無關，就是基於ＣＰ值計算而為的案件，就算解明了真相，也不可能痛快得起來。

比分屍命案更令人不寒而慄的——合理性。

（……不對）

還是有情緒吧。

有怨恨，有復仇——可能也有獵奇。

還有「追求快感」的心情。

（心情——目的好也動機也罷，全都支離破碎地各自成立，全無整合

——並非團結）

就像是——儘管不痛快，卻也讓佐和澤警部的煩悶一掃而空這般。

「佐和澤警部？我可以繼續說嗎？」

今日子小姐窺探著沉默佐和澤警部臉上表情說道。

「呃，是……請繼續。」

「是嗎。那麼，接下來的問題是要如何鎖定兇手，請您先從當天中午，亦即死者的推定死亡時間，優先過濾出就是在那個時候沒有不在場證明的嫌犯。雖然支解作業的具體時間順序仍然不明，但只有殺害時間，是絕對無從錯開的。」

因為死者那時還活著——今日子小姐邊說邊跨出浴缸，走出浴室。

名偵探的演說——解謎看來到此告一個段落。

（真不愧是最快的偵探，就連收工也很快）

與刻意延長犯案時間的兇手「們」恰恰相反的速度感。

「只要先抓住怎麼想都扮演著最為重要的角色，也就是所謂主犯的『絞殺者』，再來就可以順藤摸瓜了。假如主犯堅不吐實，逼問切下『指頭』的那些沒有體力的人，或許會是個好主意。從切下來的部位較小這點，也可見他們的團體意識肯定比較低。」

「……」

今日子小姐若無其事地提出冷酷無情的建議。

（這個人果然雷打不動呢——意圖始終完全統一，貫徹始終，不會支離破碎。不……打從一開始，她就不具備支離破碎的條件。她的零件是有缺漏的——無從整合）

對真相的追求，還有對真實的掌握。

身為偵探這件事。

除此之外——什麼也沒有。

「……謝謝你，今日子小姐。托你的福，我找到破案的頭緒了。」

「別這麼說，不客氣。那麼費用就再拜託您了。對了，要是您願意支付比表定費用更多的謝禮，我也會卻之不恭地收下的。」

忘卻偵探嘴上說著如此貪得無厭的話語，臉上卻是滿懷喜悅的微笑。

佐和澤警部打從心底感謝這樣的她，致上自己最高的敬意，同時這麼想。

（這個人不只忘了「昨天的記憶」——就連身為人最該珍重的一切，也都忘得一乾二淨了吧。除了『自己是偵探』這件事以外，全都忘光了吧）

（掟上今日子與支解的屍體——忘卻）

第二話

掟上今日子與墜落的屍體

1

「不好意思，這件事已經委託忘卻偵探解決了，希望你不要介意。」

上司語帶不滿地對鬼庭警部這麼說時，鬼庭警部非但不介意，反而抱持完全相反的情緒。

不只不介意，還很高興。

（終於可以見到她了）

同樣身為女性，鬼庭警部從之前就對以個人身分與警方這個巨大的組織進行業務合作的傳說偵探——忘卻偵探暨最快的偵探——感到非常好奇。

到底是個什麼樣的人物。

用以探究對方的底細，自己現在負責的案件，可以說是最適合的了——因為那實在是一件奇也怪哉，活像宛如會讓在推理小說裡登場的「名偵探」出馬的奇案。

然而，鬼庭警部覺得身為社會人，應該要試著把這種百感交集的興奮期待壓抑在心裡，而這嘗試似乎比想像中還成功。

「唉，鬼庭。我能體會你的心情。非常能體會。要你別介意，其實是有些強人所難。」

上司自以為善解人意地說道——表情很凝重。

「再也沒有比『讓一般人闖進我們的地盤』更打擊士氣的事了——算我拜託你，暫時委屈一下，也不要因此洩氣。就當忘卻偵探是來協助你辦案。要是她膽敢做出任何喧賓奪主的事，到時再把她趕走就好了。」

「好的，我明白了。」

鬼庭警部裝得一本正經，點頭示意贊同。

（聽起來是在安慰我，但大概是這個人自己看忘卻偵探不順眼吧）

鬼庭警部冷眼靜思——不，這並不表示對上司感到失望。

這種事很常見。

「我能體會你的心情」或是「我是為你好才這麼說的」其實只是把「你」當作一面鏡子，投射出自己的意見。

（就像新聞主播經常掛在嘴上的那句「或許也有人覺得〇〇〇吧」——大家其實都只是在表達自己的意見）

鬼庭警部當然也不例外——而在顧慮對方的心情時，大多也會同時考量自己的得失。

（要是「我」會怎麼做——如果是「我」會怎麼想）

面對工作，人們總是同時思考著這些問題——這本身絕不是件壞事。

實際上，正因為有這般設身處地的思考模式，鬼庭警部才能做出一番成績來，得以較早躋身警部的位階。

「反正忘卻偵探明天就不在了，再加上她到了明天，就會把一切全都忘光——今天就忍耐一下，陪高層的愛將過過招吧。」

這種上情下達，並非給鬼庭警部的安慰，想必是上司的自我憐恤吧——但是那也意味著。

（他把我的事當做自己的事在想）

所以不但理當深深感謝，如果還對此心生不滿，那就不對了——話雖如此，內心深處還是難免產生無從釋然的情緒，說穿了，這也是以上司為鏡，投射了鬼庭警部對自己的感情。

鏡中鏡。

要是不喜歡上司這種說法，只是表示不喜歡自己心中類似上司的部分。終究是「我」。也僅是「我」。

只是個人的問題，僅是個人的情緒——明明沒有實質害處卻感到有什麼不愉快，肯定是因為看到自己醜惡的那一面——鬼庭警部心想。

憎恨兇手的時候。

覺得死者很可憐的時候。

就是在憎恨自己、覺得自己很可憐——也正因為如此。

才會對忘卻偵探充滿了興趣。

（就連應該放在萬事萬物前面，做為標準的「我」都忘記的她——掟上今日子小姐，到底是個什麼樣的人呢？）

2

「是個這樣的人。」

戴著眼鏡的白髮女性說道，把名片遞給鬼庭警部。

「啊，不好意思。話說的亂七八糟。重來一次——我是這樣的人。」

名片上印著——

「置手紙偵探事務所」

「所長　掟上今日子」

「一天內解決你的煩惱！」

鬼庭警部盯著名片上的文字瞧。對於出現在相約地點，年紀比想像中整整小了一輪以上的偵探感到困惑。

「你好。敝姓鬼庭——階級是警部。」

總之先自我介紹。

（因為滿頭白髮，有點難以判斷……但怎麼看都才二十多歲吧？）

穿著打扮也很年輕——高領的夏季毛衣顏色非常鮮艷，與白髮形成適度的對比。

傳聞根本不可信。

從傳聞的無數英勇事跡聽來，鬼庭警部還以為忘卻偵探比自己老很多。

上司之所以對忘卻偵探插手調查一事心生不滿，與其說因為什麼偵探是平民老百姓，她還這麼年輕才是主因吧——鬼庭警部不禁這樣想。

「鬼庭警部……嗎？警部小姐。」

忘卻偵探自言自語。

大概是透過自言自語，把事情確實記下來吧。

（不過，所謂「忘卻偵探」，應該不是這個意思——應該不是單純「記不住人的名字」或「健忘」這種日常生活的「忘卻」）

「我會全力以赴的，還請多多指教。我想一定能夠幫上您的忙。」

滿頭白髮的忘卻偵探笑容可掬地深深一鞠躬——即便撇開鬼庭警部的年紀比較長，她的身段也非常柔軟。

鬼庭警部還以為這種像是在推理小說裡會出現的名偵探，肯定都趾高氣揚，即使面對警察組織，態度也倨傲到讓人覺得會出問題——這只是基於刻板印象的妄想嗎。

不否認有點小失望，但是一想到這不過只是工作的一環，偵探的個性和善，對鬼庭警部而言，這樣自然是再好不過。

「所以呢——這裡就是案發現場嗎？」

掟上今日子——今日子小姐迅速切入正題。

真不愧是最快的偵探。

一方面很有禮貌，但似乎也盡可能省略不必要的手續及程序——對鬼庭警部而言，如此也是求之不得。

鬼庭警部也不喜歡那些繁文縟節。之所以和偵探直接約在這裡集合——亦即直接在案發現場見面，也是因為如此。

「哎呀！我做偵探這一行這麼久了，這還是第一次來棒球場呢。」

今日子小姐轉了一圈環視四周，感慨良深地說道。

沒錯，這裡是棒球場。

兩人現在就站在投手丘上。

3

今日子小姐說她是「第一次來棒球場」。不過這句話的可信度，其實低到令人訝異的地步——或許她以前來過，可能只是單純忘了而已。

話說回來，「做偵探這一行這麼久了」也不是基於某種自覺的發言——聽說她連自己是從什麼時候開始、為什麼原因從事偵探業，也都忘記了。

忘卻偵探。

記憶每天都會重置，絕對不會累積。明明是民間的私家偵探，她卻能接到公家機關乃至於警方的委託，也就是這個緣故。

因為無論介入什麼案件、知道什麼機密——說得極端一點，就算接觸到關乎國家存亡危機的事件真相——她也會在第二天忘得一乾二淨。在這個尊重隱私、視資訊外流如洪水猛獸的時代，簡直可以說是專為了「現代」量身打造的偵探。

（不用擔心「警方委託一般人協助調查」的紀錄被外界知悉這點，也佔了很大的因素）

雖說是很大的因素，其實也只是源於警方氣度狹小的心胸，但若是站在上司的立場，倒真是非常非常重要的大事。

想當然耳，忘卻偵探之所以能受到重用，還能與高層建立緊密關係，不僅僅因為她是「絕對能嚴格遵守保密義務的偵探」這項理由。

忘卻偵探身段放得很低的態度，還有她清廉正直的性格固然很重要，但也不只是這樣而已。

記憶只能維持一天——換句話說，她的調查也只能持續一天，因此鬼庭警部認為，她那能迅速解決種種案件的卓越推理能力，才是最值得大書特書的優點。

（『一天內解決你的煩惱！』……無論什麼樣的案子都能當天就破案

的名偵探……）

在忘記之前解開謎團的名偵探。

警局內部流傳得繪聲繪影的那些關於忘卻偵探的流言，就算打著折扣聽，也是不得了的強大。不過再怎麼說，流言畢竟只是流言。如同她就比自己聽到的還要年輕許多——

（因此，我想透過辦這個案子來明白——最快的偵探到底有多快呢？）

現階段的她看起來很穩重，不像是那種風風火火的人。

「發現屍體的時間是前天清晨——在當時無人使用的球場裡，有個人被發現倒在投手丘上。」

鬼庭警部開始敘述案情概要。

她們現在就站在那個「有個人」被發現的投手丘上——其實新聞早已報得沸沸揚揚，本來應該是不需要再敘述什麼案情，但誰叫對方是忘卻偵探呢。昨天或前天播過的新聞想必都早已「不記得」。

今日子小姐不知在想什麼，邊聽著鬼庭警部說明，站上了投手板。

事前已經告訴過她案發現場是棒球場了，因此仔細一看，今日子小姐腳下穿著跟裙子完全不搭調的運動鞋——可是就連這不搭調，在她身上看起來也像是一種流行。

「發現的時候，那個人已經死了——簡言之，就是有具屍體以俯臥的姿勢倒在投手丘上。」

「原來如此原來如此。」

今日子小姐點點頭。

聽到前幾天有具屍體就倒在自己現在站的地方，依舊面不改色——儘管鬼庭警部也不認為她會像個小姑娘似地大聲尖叫、嚇得跳開，但是這個人的性格，似乎比外表給人的印象更加膽大如斗。

這部分倒是與傳言相符。

「死者是桃木兩太郎先生——你知道他嗎？」

「不知道。不好意思。他很有名嗎？」

今日子小姐彷彿是在檢查投手丘的狀態，踢著土邊回答——原來如此。

雖說是忘卻偵探，不過鬼庭警部聽聞她仍保有某個時間點以前的知識，所以還以為說不定她會知道。

「是很資深的職棒選手呢——手臂位置是投手。」

鬼庭警部向她介紹桃木兩太郎所屬的球隊——就是這個球場為主場的隊伍，還有桃木生前活躍的事跡，但今日子小姐似乎沒什麼概念的樣子。

與其說是對桃木兩太郎沒概念，或許是對棒球本身沒有概念——儘管是非常主流的運動，但也是不懂的人就完全不懂的競技。

當然，鬼庭警部也不是特別了解。就連桃木兩太郎的經歷，也是自他死後，在調查的過程中記住的。

「嗯。換句話說，資深的現役投手死在球場上，而且還是投手丘上——莫非是在練習的時候，因為心臟病發還是什麼倒下？」

「當初我們也是這樣想的——可惜並不是。」

沒錯。

這才是這個案子的關鍵。

該說是關鍵嗎——實在是謎團。

「他是摔死的。」

「啥？」

鬼庭警部繼續對一臉茫然的今日子小姐做說明——就連自己也完全無法理解的——桃木兩太郎的死因。

「倒在投手丘上的桃木兩太郎，似乎是從高處落下，全身受到劇烈撞擊震盪致死。」

「高處……」

今日子小姐抬頭往正上方看。

正上方是藍得望不見一片雲的藍天。

「這是要從哪裡掉下來呢？」

這個疑問再正常不過。

然而，鬼庭警部所指揮的調查小組正是希望能知道這疑問的答案，才會找來忘卻偵探。

4

全身受到撞擊震盪導致休克死亡。

據研判是幾乎當場死亡。

死因本身沒有懷疑的餘地，據鑑識課所言，桃木兩太郎的屍體具備著典型「墜落屍體」的特徵——非典型的，是發現屍體之處。

棒球場。

棒球場上的投手丘。

讓人感覺不會有比這裡更寬廣的地點——站在這，更會有如此感覺。

既沒有建築物，也沒有校舍。

既沒有壁立千仞的懸崖，也沒有摩天礙日的高台。

當然，也沒有設置諸如游泳池的跳台——儘管如此，俯臥在投手丘上的卻是如假包換的「墜落屍體」。

「已經知道是自殺還是他殺，或是意外嗎？」

今日子小姐邊問邊走，從投手板往一壘移動，站上壘包。

冷靜的疑問讓鬼庭警部頗意外。

本以為她會緊咬「不知從何處跳下的屍體」這個謎團——看樣子，雖說是名偵探，也不見得每個都會對「不可思議的謎團」產生興趣。

該說是很現實嗎……

和她那遺世獨立的言行舉止相反，似乎是個信奉現實主義的偵探。

「不知道。還不能確定是自殺、他殺，還是意外。」

完全沒有回答到她的問題，但這是事實，所以也只能如實回答——因為狀況的確還不明朗。

「沒有留下任何類似遺書的東西，若說有什麼理由，會讓目前仍活躍中的職棒選手非得自己結束生命不可，我個人是想不到……據報也沒有人恨到想要殺死他。但如果因此就斷定為意外……」

到底是要發生什麼樣的意外，才能摔死在投手丘上。

「被投手板絆倒，猛然一跌大摔一交——之類的吧。」

今日子小姐邊說邊從一壘走向二壘——與其說是推理，似乎只是先想到什麼就隨口說出什麼。

算了，要是「猛然一跌大摔一交」是認真的才傷腦筋。絆倒跌交就摔死成這樣固然是意外，但報社也要發號外了。

「對了，發現桃木兩太郎先生時，遺體是什麼樣的打扮？穿著球隊制服嗎？戴著手套嗎？拿著球嗎？」

她一下子提出太多問題，令鬼庭警部不知所措——不，其實這些疑問都是可以馬上回答的，鬼庭警部不明白的，是今日子小姐提出這些問題的意圖——她為何要接二連三地丟出這麼多問題呢？

雖然不明白，但也只能回答了。

「他沒有穿制服——是穿慢跑時穿的運動服。據我所知，現場也沒有發現球和手套。」

「嗯。那麼因為要投球而被投手板絆倒跌交的假設，就不能成立了。」

難道她是認真的嗎？

今日子小姐這次又從二壘往三壘的方向移動——看樣子，她似乎打算繞內野一圈。

雖不知她這麼做有何用意，但大概也沒什麼特別的用意吧——鬼庭警部曾聽說「總之先動起來」是忘卻偵探的方針。

無法靜待的偵探。

基本上或許可說是好動型。

對於第一次來棒球場（或者是忘了以前來過的事）的她而言，或許是藉由這樣四處遊走，來感受案發現場的氣氛。

「事情的真相要是被投手板絆倒跌交而死這麼難堪，以他職棒選手的身分，可是不能公諸於世的哪！今日子小姐。」

「不過，職業選手的體能通常都好到外行人幾乎無法想像——聽說理論上，一流的短跑選手朝著硬牆全力衝刺，一撞可能就會當場死亡呢。」

雖說是理論上——但你這是讓一流的短跑選手做什麼呀。

難道她是要以這個理論來同理可證，若是職棒選手在全力投球時跌倒一撞，會跟從高處落下摔死一樣撞到「全身挫傷」嗎？

「不，我不是這個意思。」

今日子小姐踩上三壘的壘包，轉身面向站在投手丘的鬼庭警部。

「只是，有可能是『兇手』故意讓人這麼覺得。」

「『兇手』……？」

「我是說，有人對桃木兩太郎先生恨之入骨，想玷污他身為職棒選手的經歷，故意製造出這種狀況的可能性。只是『兇手』粗心大意地忘了擺上球和手套，也忘了幫死者穿上球隊制服，所以才會使得狀況看起來不是那樣，結果成了不可思議的『墜落屍體』。」

不可思議的狀況是因為「兇手」事後布置欠周造成的——這還真是鬼庭警部想都沒想過的主意——雖說一點真實感也沒有。

而且這麼一來——也仍然無法為桃木兩太郎究竟是「從哪裡掉下來」的疑問找到解答。

鬼庭警部還是這麼問今日子小姐。

「那，今日子小姐，你認為這是凶殺案嗎？」

「目前還無法判斷是否為凶殺案。仍可能是自殺，也可能是意外——只不過，不管怎麼說，感覺似乎夾帶著什麼人為的意圖在其中。」

今日子小姐氣定神閒，若無其事地說出這種故弄玄虛的話。

「人為意圖？如果是他殺或自殺或許另當別論——明明是意外，還會有人為意圖嗎？」

「會啊！因為無論什麼樣的意外，都是有人行動才所引發的結果呀。」

「……」

總覺得話都是隨她在講。

但也真是講得極妙。

今日子小姐終於開始往本壘移動。

「桃木兩太郎先生的屍體是在當天的上午被發現的……在那之後這座球場就沒有人使用了嗎？看起來，今天似乎也沒有要使用的預定。」

「是的。目前暫停營業。」

鬼庭警部不確定「暫停營業」是否也能用在球場上，但意思到了就好。

「所有的預約都已經取消了。不管怎樣，畢竟發現了超乎常理的屍體，還在進行調查的期間也不能幹嘛。」

實際上，她也不確定高層到底是怎麼判斷的——或許就像上司偏頗的猜測，忘卻偵探是在高層的「偏愛」下被找來的。

然而，為了讓球場可以盡快重新啟用，的確也必須早日讓本案落幕——為此，不擇手段地委託「最快的偵探」，大概也是一種辦法。

當然也不能讓媒體繼續抱著看好戲的心情，沒完沒了地報導名人超乎常理的死亡吧——

「抱著看好戲的心情？媒體嗎？」

「該說是媒體，還是球迷呢？畢竟是『投手死在投手丘上』，自然被美化成戰死或殉道——炒作得甚至有點熱鬧。」

因為至今尚未向世人發表「墜落屍體」這個最關鍵的部分，所以事情會這樣發展也只是難怪。

（再這樣下去，也不曉得這個消息能一直瞞著社會大眾到什麼時候——畢竟這個時代很難徹底保密）

一旦得知桃木兩太郎的死既非戰死也非殉道，而是「摔死」，想必又會掀起另一股與現在截然不同的軒然大波吧——這也並非大家樂見的結局。

真是，能嚴格遵守保密義務的忘卻偵探確實彌足珍貴——鬼庭警部想。當然，這是在她真的能「在今天揭曉案件真相」的前提下。

「抵達終點！」

踏上本壘板的同時，今日子小姐說道——本壘並沒有終點的含意，所以她對棒球本身果然不太了解。

就算從現在開始熟讀棒球規則，到了明天也會忘記，所以在從今往後的人生裡，今日子小姐都不會成為棒球迷吧——想到這點，究竟該以怎樣的情緒面對才好呢？好難理解。

（如果是「我」的話——光想到「記不住任何新事物」就無法面對了）

「要向熱騰騰的輿論潑冷水，著實有些於心不忍，但這就是我的工作，只能勇敢面對了——鬼庭警部。」

「是。什麼事？」

「接下來，可以到選手休息區再繼續講嗎？」

因為她鄭重其事地直呼自己的名字，鬼庭警部不禁有點緊張，還以為她要問什麼，結果忘卻偵探的下一句話卻是——

「球場上沒地方可以遮太陽，這樣皮膚會曬黑的。」

5

沒地方可以遮太陽。

雖然是荒唐之言，但也同時表現出案件的本質——要是有地方可以遮，就能夠推測桃木兩太郎是從那裡衰摔落的。

空曠的棒球場上，並沒有那樣的「乘涼處」——如果是有屋頂的球場，或許還有所謂「貓道（Catwalk）」的高處維修通道，但是在這座棒球場的正上方，只有藍天、白雲和太陽。

「或許有座天空之城（Laputa）呢。」

移動到選手休息區，剛坐下來，今日子小姐便這麼說。

她還記得那部電影啊。

「那是我的夢想喔！我很希望像那樣去各式各樣奇妙的國度旅行呢。」

聽她說來，今日子小姐指的似乎是《格列佛遊記》裡的飛島拉普達。

話說，記得電影《天空之城》一開頭，就是有個女孩子從天而降。

鬼庭警部當然不覺得桃木兩太郎是從漂浮在天空中的王國摔落——縱使真的是那樣，從那種高到見雲的高度掉下來，屍體肯定會摔得粉碎吧。

桃木兩太郎的屍體雖然損傷嚴重，但是也沒有到支離破碎的地步。

「說的也是——可是比起墜落的高度，聽說『墜落屍體』的損傷程度更受到落點地面的硬度左右呢。因為空氣有阻力，落下的速度到一定的程度以後就不會再加快了。」

「是……是這樣的嗎？」

「是的。所以『姑且不論空氣阻力』其實是不太可能的喔！」

在忘卻偵探的催促下，鬼庭警部也坐上板凳，往投手丘方向看——這麼說，投手丘的材質是柔軟的泥土。

若說是那種土造成他「全身是傷」，即使不考慮天空之城，桃木兩太郎也是得從相當高的高度掉下來。

「調查小組也提過會不會是從飛機上摔落……當然是半開玩笑的。」

「從飛機上摔落——是因為降落傘打不開嗎？可是，桃木兩太郎先生也沒背著降落傘——還是有人把降落傘帶走了？」

都說是半開玩笑了，忘卻偵探依舊一絲不苟地仔細探討這個可能性。

「或者是有誰心存惡念，故意把桃木兩太郎先生從飛機上推下來——也不是沒有這種可能。」

「……也是，至少比『被投手板絆倒，猛然一跌大摔一交』而死來得有可能些。」

鬼庭警部打算收回不小心脫口而出的「飛機」假設——不想把時間花在探討這麼荒唐無稽的假設上。

對忘卻偵探而言，時間應該是寶貴的。

「還有什麼其他的可能性嗎？」

「立刻能想到的，就只有起重機了。」

今日子小姐不假思索地回答。

看樣子，在探討「跳機說」的同時，她滿頭白髮的腦袋裡已經在思考另一個可能性了——起重機。

她口中的起重機，指的是重型機械的起重機嗎？

調查會議上也沒人提過這種假設……這是什麼意思？

「意思是，用起重機把桃木兩太郎先生的身體吊起來，在最高處把勾子鬆開，最後再把起重機開走，現場就只留下『墜落屍體』了。」

這時，今日子小姐突然又想到什麼似地，補上一句。

「這用消防隊的雲梯車也能辦到呢。」

的確，這麼一來，超乎常理的「墜落屍體」就能得到解釋了——不過，這跟「跳機說」一樣，都只是為了解釋而解釋解釋。

不管是飛機也好，起重機還雲梯車也罷，都太誇張了。

要是這麼誇張的也行，那就什麼都能算了，一點也不實際。

「也是，無論是大半夜或天剛亮，如果有飛機或大型特殊車輛在棒球場附近徘徊，不可能沒有目擊者——那麼，接下來該討論點實際的了。」

接著今日子小姐總算提出了合理的假設——但這個假設，卻是個任何人一開始都會想到的假設。

「應該是——有人把摔死在他處的桃木兩太郎先生搬來這裡吧？」

「是……可是，這是不可能的。」

鬼庭警部說明——自己也提出過類似的假設，但是被鑑識課駁回了。

「因為一旦移動，必定會在屍體上留下痕跡。現在已經可以根據屍斑或死後僵硬的程度，清楚研判屍體是否曾被搬動了。」

「『現在』是嗎？」

今日子小姐點點頭。

（我失言了嗎）

鬼庭警部心想──「現在」是何時，忘卻偵探是搞不清的。

不過，要顧慮這麼多，對話就進行不下去了──再說回來，今日子小姐也不希望別人想太多吧。

「移動屍體的詭計在推理小說裡，是很有歷史的常見橋段──但如果在『現在』，大多數的詭計應該都不能成立了吧。」

「啊……也是。」

鬼庭警部無法否認。

無論是在愛好者還是創作者之間，「推理小說已經把所有詭計全用盡了」都是經常被掛在嘴邊的定說，而實際上的問題其實更嚴重，是「已經被用盡的詭計都一一變得不能用」──科學調查、科技進步、文化變質。

這不只是推理小說的問題，手機出現以前寫的小說，有些橋段會讓人看了覺得好像是發生在另一個世界的奇幻故事。有時候就連科幻小說裡的技術看起來也很老掉牙——實在充分覺得自己真的住在未來。

（所以時代小說無論經過多久都不會沒人看——原本就是在過去，自然不會「過時」，反而成了優勢）

「不過，如果用熱騰騰的最新科技做為詭計，倒也不是不能成立……所以也不能武斷地說所有詭計都用盡。」

今日子小姐聳聳肩。

「或許這樁案件也大用特用了最新科技——可能是將最新科學知識運用到極限，才造成讓桃木兩太郎先生摔死在球場投手丘上的結果。」

「……我認為不太可能。」

光是棒球場這個地點，就已經離科學千里遠了吧——不，這麼想才是否為無知的偏見呢？

況且，如果是剛開始推行發展時也就算了，棒球到了現代也已經算是戰略的競技，就連選手的訓練或飲食，都根據生理學受到徹底的管理——就鬼庭警部所知，身為職棒選手的桃木兩太郎，似乎是個很傳統的運動選手。

「聽說他是以不按牌理出牌的上場和投球聞名的投手。說他是資深選手聽來是很體面，但其實因為年輕時過於逞強，現在身體似乎有很多毛病——全身上下都開過刀。據傳也有人勸他急流勇退，可是本人似乎完全沒有這個意思——也不管教練的忠告，自主訓練總是過度，或該說是過勞呢。還曾經大聲昭告天下，說自己『希望死的時候能死在投手丘上』。」

「希望死的時候能死在投手丘上。」

今日子小姐說著，一臉茫然歪著頭——從表情看不出她有什麼感想。

「不過，因為是在受訪時的發言，也許本人只是隨口說說，當然也可能只是塑造形象——但因為這句話加強了眾人對他『殉道』的印象，卻也是不爭的事實——」

遲疑了半晌，鬼庭警部接著說。

「——這也是懷疑他或許為自殺重要因素。」

「嗯。所以大家是比較推自殺這假設嗎？」

今日子小姐提出率真的疑問（內容雖然不怎麼率真）。

「始終無法突破也是事實。這對成績會明確量化的運動選手而言確實殘酷——還傳出過球團方面似乎並不排除要將他降為二軍。」

鬼庭警部刻意平淡地回答。

為了避免代入個人感受——但是在「想要避免代入個人感受」的時候，或許就已經是太入戲了。

（把桃木兩太郎——當作是自己。）

畢竟不是只有運動選手的成績會明確量化。

警察和偵探也是如此。

「是嗎。可是聽說也有球迷比較喜歡看二軍的比賽呢！」

不同於鬼庭警部，看來完全沒把感情投射在桃木兩太郎身上的今日子小姐來了句答非所問之後，卻又為求慎重似地再問了一次這個問題。

「您說過沒有遺書對吧？」

「是的，沒有留下遺書。因此力推自殺說的主要還是社會輿論，或該說是媒體——並無任何具體的證據可資佐證。」

「這樣啊。如果明明不是自殺，卻被大家以為是自殺，還是滿討厭的吧。就算被講的像是光榮戰死——」

今日子小姐說到這，似乎想到了什麼。

「光榮戰死——嗎？」

又自顧自地小聲重複了一次。

6

鬼庭警部與忘卻偵探在選手休息區針對案情深入討論了好一會，今日子小姐突然仰望天空。

「要不要來玩拋接球？」

還站起身來。

拋接球？

語聲未落，今日子小姐已踏進球場——手裡不知何時蹦出了兩個手套和一顆球。大概是有人放在選手休息區裡吧。該說是職業習慣還是職業病呢，她似乎非常擅長「找東西」。

這點令鬼庭警部感到佩服，但——拋接球？

為何這麼突然？

「為了轉換心情呀！請陪我玩一下吧，鬼庭警部。」

「是……呃，當然，沒問題。」

鬼庭警部不解地跟在她身後，踏入球場——不知不覺，藍天布滿烏雲。今日子小姐似乎是看到這樣的天候變化，決定回到球場上。在與鬼庭警部討論案情的同時，她似乎也在偷偷觀察天氣。

該說是眼色好，還是眼睛尖呢。

「那好，這給您。雖然不是捕手手套。」

今日子小姐把其中一個手套遞給鬼庭警部。

「可以請您拿著這個，蹲在本壘板那兒嗎？我會從投手丘丟球過去。」

「噢……」

看樣子，今日子小姐似乎不是要玩單純的拋接球——要蹲在本壘板，等於是要鬼庭警部扮演捕手吧。

與其是轉換心情，她追求的是轉換想法。

（然後由自己擔任投手……）

不，不是擔任投手，而是扮演桃木兩太郎吧？

今日子小姐對他的死，應該沒有任何感覺才對——不過也正因為如此，才要重現他的動作。

傳聞中的她，是個不管想到什麼都要試試看的偵探——而這又是？

幸好鬼庭警部穿的是褲裝，就算蹲在本壘旁也沒有任何問題，但她不認為即使腳踩運動鞋，卻是裙裝打扮的今日子小姐，能扮演好投手的角色。

（就連男人也不見得能球不落地的從投手丘把球投到本壘……）

「放心吧，雖然很可惜我已經忘記了，但我好像有過開球的經驗。」

這句話既不是忘卻，也不是記錯，只是單純的謊言。

看在門外漢眼中，所謂的開球儀式也是種莫名其妙的活動……鬼庭警部心想，同時在本壘後方蹲下。

雖說穿著褲裝，但對於敞開大腿還是頗為抗拒，因此鬼庭警部用雙腳一前一後的姿勢蹲下——像這樣從較低的角度看過去，感覺投手丘比想像中還要遠得多。

（既覺得好遠——也覺得好高）

所以才稱為投手「丘」嗎。

案發後，鬼庭警部已經來過球場好幾次，但這是第一次有這樣的體會——原來如此，凡事都要試過才知道。

（可是，就算是這樣，也不可能跳投手「丘」致死吧——畢竟高度也不是太高）

「我要丟了喔！投手，舉起手臂！」

今日子小姐擺出揮臂式投球的姿勢。

姿勢還真是不必要的標準——至少並不是開球儀式那種丟好玩的感覺。些微的緊張感竄過鬼庭警部的身體——原本只不過是用一種陪玩進階拋接球遊戲的心情蹲在這裡，說來捕手不是應該要戴上面罩、穿上護具，穿戴那種類似防護盔甲之類的嗎？會有捕手專用手套，也應該是有其原因的——

「把球投出！」

與其是棒球選手，今日子小姐更像體操選手般優雅地將單腳高高抬起，並在瞬間毫無保留地露出美腿——鬼庭警部還沒反應過來，她已經一腳蹬在地上，扭轉身體，把球扔了出來。

要說是扔球更該說是射球，要是射球更該說是殺球的投球氣勢——與那美腿形成對比的剛強力道，令鬼庭警部反射性地閉上了雙眼。

仔細想想，再也沒有比在這種情況下閉上雙眼更危險的事了——所幸那一記高速球並未砸在鬼庭警部的身體或臉上。

發出「匡！」的一聲轟然巨響的，並不是鬼庭警部的骨頭——而是其背後的鐵絲網。

轉身一看，心驚膽戰。

球不只全程不落地，還穿過了捕手位置砸到本壘後方的鐵絲網上——但看這球深深陷在鐵絲網極高之處，今日子小姐的控球力似乎是完全不行。

只不過，控球這樣居然敢找沒戴護具的捕手「拋接球」……

（總算是像個偵探了……像個把警官耍得團團轉的偵探）

鬼庭警部心想，重新面向投手丘。

「……今日子小姐!?」

今日子小姐倒在投手丘上——俯臥在投手丘上。

鬼庭警部連忙站起來衝向她——本壘到投手板之間的距離，意外遙遠。

「你沒事吧!?」

「是的，我沒事。」

今日子小姐依舊趴在地上，頭也不抬地回答——還以為她是因為投球太用力（畢竟她那樣用力）才跌倒，不過看樣子並非如此。

她應該是在把球投向鬼庭警部之後，才刻意倒下來的——也就是說。

（也就是說……她是在實驗「被投手板絆倒跌交」的假設嗎？）

所以她並不是真的跌倒，而是「假裝」被絆倒——無論如何，今日子小姐就是在盡可能重現桃木兩太郎的屍體被發現時的狀態吧。

「嗯……」

只是，這麼做好像並未帶來滿意的成果，今日子小姐將雙手撐在地上站起來——雖說是雙手，但其中一隻手戴著手套。

把漂亮的衣服弄髒了卻還是一無所獲，然而她也絲毫不在意的樣子，輕輕拍掉身上的塵土。

「要是我，還真不想死在這裡啊！」

平鋪直述的意見。

這或許是她聽了桃木兩太郎不見得真的講過的「想死在投手丘上」的感想吧——真要討論起來，首先大部分的人應該都不想死吧。

不管死在哪裡。

「對呀……所以這種心態還是球迷的幻想吧。雖說在運動的世界裡，輪不到偵探來大放厥詞，但就像推理小說迷經常會說『橫豎都要被殺的話，希望能在密室裡殺死我』或『殺我的時候還請務必製造不可能犯罪』之類。

我小時候也說過呢。」

雖然是忘卻偵探的「記憶」，但如果是小時候的事，可能還是有一點可信度——而且，鬼庭警部也曾這麼說過。

現在回想起來，只覺得丟臉至極。

「是的，冷靜地想，無論是用什麼方法，誰都不想被人殺吧——只不過由於無法對於自己的死產生真實感，多少有些當成別人的事在想像。」

「……你想說什麼？今日子小姐。」

她知道今日子小姐話中有話，絕不只是想跟她深入探討推理小說，可是完全猜不透她想表達什麼。

「就現狀，要說桃木兩太郎先生因為『想死在投手丘上』而利用某種方法『戰死』是不太可能的——不過，倒可能有個把他『想死在投手丘上』的發言當真的『狂熱粉絲』，替他『實現』了『願望』也說不定。」

亦即他殺的可能性。

今日子小姐邊說邊摘下手套——從右手摘下。

「我以為用左手就能投得不錯說！」

7

雖說控球是糟到不行，但如果不是慣用手的左手都能投出那種高速球，今日子小姐顯然選錯了職業——但先不談這個。

他殺。

當然，鬼庭警部也思考過各式各樣的可能性，但是因為死狀本身過於離奇，無法將推理推演到這麼具體——就算想到他殺，也只會想到怨恨或謀財害命之類的動機。畢竟最近這座球場附近也接連發生多起竊案，治安實在算不上太好。

可是，桃木兩太郎是名人——而且還是個明星。

「狂熱粉絲」。

這的確是應該要列入考慮的嫌犯。

看不下去近年來的成績低落的桃木兩太郎——不忍心見他晚節不保，於是鑄下大錯。

強迫他急流勇退。

退出棒球界——也退出人生的舞台。

（不，桃木兩太郎的成績倒也沒有糟到「晚節不保」——尚在要說他是十分活躍也還不為過的水準）

縱使運動選手留下的成績數字不甚理想，要怎麼解讀也是頗主觀的——但倘若是知曉他全盛期表現的「狂熱」粉絲，也許會覺得現在的桃木兩太郎已經老兵凋零吧。

只是，別說「熱情」的粉絲，要是他身邊有這種「狂熱」的人，應該早就已經浮上檯面。要說這是偏見也無法反駁，但是看起來會殺人的人就是會殺人——畢竟是做這行，鬼庭警部無法不這麼想。

「今日子小姐，你怎麼想？」

鬼庭警部想聽聽摒除偏見的意見，把開口問今日子小姐——感覺身為偵探的今日子小姐，或許會有相反的意見。

假如看穿「意外的真相」是名偵探的宿願，感覺她反而會認為「看起來不會殺人的人才會殺人」吧。

（這大概也是一種偏見……）

只不過，鬼庭警部未能得到今日子小姐的回答。

一回神，剛才還在這——站在投手丘上的今日子小姐竟然不見了。

（咦？）

鬼庭警部四下張望。

早有耳聞今日子小姐是那種視線一離開她身上就會馬上搞失蹤的偵探（所謂「靜不下來」），但是在這麼近的距離之下還能把她搞丟，鬼庭警部不由得一時倉皇無措，還好不一會兒就看見她的白髮——不。

也不能說是還好。

因為她竟然從投手丘穿過鬼庭警部剛才蹲在那的本壘板，走到本壘後方的鐵絲網旁——不僅如此，雙手抓著鐵絲網，正準備攀爬上去。

「今……今日子小姐!?」

鬼庭警部大喊，同時衝向前去，可惜為時已晚。

所以說，投手和捕手之間的距離真的太遙遠了。

還得再加上本壘和後方的鐵絲網之間的距離——當她趕到的時候，今日子小姐已經爬上了鐵絲網快一半高度。

踏上投手丘還不夠，還要爬上鐵絲網嗎。

看她是打算去拿剛才自己（用左手）投出去，卡在網子上的球。

（呃，這倒是對的）

因為是擅自拿來用的球，的確應該要好好地放回原處——可是有必要自己爬上去拿嗎？

雖然她還把長裙在胯下打個結，保持一定的格調，仍舊不能否認這個行為十分狂野——像隻野貓似的。

「今日子小姐！危險啦！請趕快下來！」

「不要緊。我以前很會攀岩的！只是忘記了！」

雖又是這麼說東又講西，但今日子小姐身手確實很厲害，活像個攀岩高手似的一直線爬到卡著球的位置。

「交給你嘍！」

今日子小姐把球從鐵絲網取下，扔向鬼庭警部——其實就只是鬆手，讓球往下掉而已。

鬼庭警部還戴著手套，所以這次穩穩地接住球。

既然球都拿回來了，今日子小姐這下子總該下來了吧，鬼庭警部自顧自地鬆了一口氣，但今日子小姐卻還掛在網子上，扭轉著身體，似乎是想將球場的景色盡收眼底。

從那個高度看出去，視野肯定很不錯吧——嗯？那個高度？

（高度——）

就在鬼庭警部想到什麼——的時候。

「哎呀！」

把球丟給鬼庭警部後，只用單手抓住網子撐住自己體重的今日子小姐，冷不防手一鬆就——往下掉。

「今……今日子小姐……！」

鬼庭警部反射性地衝向她的落點處下方，但還是來不及——忘卻偵探只任由自己背著地面往下掉。

打開雙手雙腳，成大字形往下掉。

發出巨大的聲響。

「今日子小姐！請振作一點！」

鬼庭警部嚇得魂飛魄散，狼狽地衝到她身邊蹲下，扯開嗓門大喊她的名字。不曉得能不能擅自移動她。

乍看之下，似乎沒有出血……眼鏡也沒有裂痕。不，眼鏡不是重點——重點是骨頭有沒有摔斷。

對了，脈搏呢？呼吸呢——救護車！

「醒醒啊！」

「好的，早安。」

「哇啊！」
今日子小姐突然坐起身來。
像是要回應鬼庭警部的呼喚，今日子小姐奮力睜開雙眼——與其說是恢復意識，更像殭屍回魂似的唐突。
也像是電腦重開機。
「你……你、你沒事吧？」
「是的，我沒事。意識很清楚。」
「那……那就好……」
看她對答如流的樣子，鬼庭警部反而不知如何是好，總之先連忙阻止想坐起來的今日子小姐——恢復意識固然是好事，但不見得就沒有受傷。
可能有運用受身姿勢分散了衝擊吧……說來她是打開雙手雙腳呈成大字形掉下來的，鬼庭警部聽說過「人在著地時，與其亂動不如擴大自己觸地面積以助於分散衝擊」的說法——但一直以為這只是理論，不可能實踐。
……欸？

恢復意識？
也就是說……
「話說回來。」
今日子小姐把眼鏡推回原位，笑臉盈盈地問她。
「你是誰？這裡是哪裡？我……是來參加開球儀式嗎？」

8

今日子小姐只有今天。
她的記憶每天都會重置——說得更正確一點，是一覺醒來，之前的記憶就會消失。
不一定非得要在晚上。
甚至也無關睡眠時間的長短——只要有一瞬間失去意識，就符合記憶重置的條件。

這也是她之所以身為「忘卻偵探」，之所以能將「嚴格遵守保密義務」當成賣點的原因，當然這不光只有好處——同樣也有絕不能忽視的風險。

萬一今日子小姐在辦案的過程中「睡著」，就等於讓在那之前的調查及推理完全歸於虛無。

無論什麼案子都能在一天內解決——今日子小姐的「最快」乃是伴隨著在如此限制下爭取時間的岌岌可危——反過來說，站在「兇手」的角度，只要能讓今日子小姐在調查過程中睡著，就能逃過名偵探的追捕。

因此，在委託她協助調查時，與她共同行動的刑警的業務內容之一，就是要從這些壞人的魔掌中保護好忘卻偵探——關於這點，鬼庭警部的上司當然也有交代——但如果是今日子小姐本人自作孽，這又該如何是好？

擅自爬到本壘後方的鐵絲網上，擅自從網子上掉下來，擅自昏過去，擅自喪失記憶——難道是常有的事嗎？

實際上，今日子小姐也對此有所準備——只見她捲起左手的袖子，上頭有著她自己的筆跡，寫著「我是掟上今日子，二十五歲。偵探。每天的記憶都會重置」。

因此——雖然鬼庭警部不是很清楚她從睡眠中醒來的時候，記憶會被「重置」到幾歲——她馬上就知道自己是誰了。

理解自己是忘卻偵探這件事。

可是，關於案件內容則忘得一乾二淨。

包括職棒選手桃木兩太郎的事，以及他那不可思議的墜落身亡之謎——因此，鬼庭警部只好從頭說明一遍。

一件事費了兩次工。

這麼一來，今日子小姐的推理還停留在摸索階段，幾乎沒有任何進展一事，也算是意外的幸運——不，也可能只是沒跟鬼庭警部說，或許在今日子小姐心中已經有什麼假設也說不定。

不管如何，現在比起白費功夫——比起她腦子裡的東西，她的身體更令人擔心。迅速檢視一下似乎沒骨折，也不見跌打損傷，不過要是頭部受到猛烈撞擊，聽說症狀要過一陣子才會出現。

而當事人不但沒有自覺症狀，就連掉下來的記憶也沒有。

「你這人在胡說些什麼呀，才沒有那回事呢。我怎麼可能沒事去爬什麼本壘後方鐵絲網呢？更別說還從那上頭掉下來了。哪有偵探會在調查中做出這麼莫名其妙的事情？可別因為看我失去記憶，就想隨便糊弄我喔！話說你又是誰啊？」

居然坦蕩成這樣，真讓鬼庭警部覺得擔心她的自己實在是蠢到家了——所幸，就像今日子小姐寫在左手上的備忘錄那樣，鬼庭警部也有警察手冊這個身分證明，因此馬上就能說明清楚自己是什麼人。

還有，看到全身上下沾滿塵土的衣服，縱使是今日子小姐，似乎也不得不承認自己的拙劣與迷糊——感覺比起偵探，眼前的她更像個被不動如山的證據逼到死角的真兇。

「呃，不過你沒有受傷真是太好了，今日子小姐——要換衣服嗎？」

連白髮也沾到泥土，幹脆讓她去沖個澡弄清爽舒服比較好。

「……嗯。」

可是今日子小姐好像沒聽進鬼庭警部說的（安慰）話，只管抬頭仰望自己失手掉下來的鐵絲網。

是有這麼不願接受自己的失敗嗎——而且桃木兩太郎是掉在投手丘上。

「不，倒也不見得如此呢，鬼庭警部。」

今日子小姐仍然仰望著鐵絲網說道。

她叫「鬼庭警部」時的重音位置跟剛才不太一樣——看起來在記憶重置之後，並不是一切都會一模一樣再來一次。

可能會受到什麼細微的條件或要素影響吧。

「雖說他是在投手丘上摔死的，也不見得就是在那裡掉下來。或許是有人把摔在其他地方的桃木兩太郎先生移到這裡來的啊。」

不過，關於這一點，今日子小姐倒是說了一模一樣的話。

這是任誰都會頭一個想到，再合理不過的假設——因此鬼庭警部再度耐著性子，說明「屍體一旦移動，必定留下痕跡」的理由加以否定。

「那是指『屍體』一旦移動？」

今日子小姐說。

「換句話說，如果不是屍體，就算移動也無法判斷吧？」

「咦……不，啊，要這麼說也沒錯。」

咦？怎麼回事，怎麼跟剛才討論的完全不一樣？

「不，並沒有不一樣——鬼庭警部剛才不是講過嗎，桃木兩太郎先生是幾乎當場死亡。」

「沒錯，我是講過。」

而且還講了兩次。

正因為如此，這個「墜落屍體曾遭移動說」才會不成立……

「是『幾乎當場死亡』吧。『幾乎』。並不是立刻。」

「……」

「幾乎」——「立刻」？

這是在玩文字遊戲嗎——咦？

嚴格說來，「當場死亡」與「幾乎當場死亡」的確是有差異。並非「等於」而是「約等於」——然而，這不是當然的嗎，根本用不著她提出來。人又不是機器，不可能像關掉電源那樣「啵！」地一聲就喪命。「死」除了是是定義上的問題，也是「幾乎」這種灰色地帶所在之處吧。

然而，今日子小姐到底想藉此表達什麼，倒是令鬼庭警部很感興趣——在她從網子掉下來的前一刻閃過自己腦海的靈感，說不定會跟這有關連。

「嗯，比如說根據鬼庭警部的假設，我剛剛不是從那上頭掉下來嗎？」

那不是假設，是事實。

算了，姑且先聽她怎麼說。

「同樣地，假設桃木兩太郎先生也是從那上頭掉下來死掉——因為受到致命重傷，『幾乎當場死亡』——但是還沒死，還活著。雖然心臟快停了，呼吸也快停了。就在奄奄一息的時刻，用爬的爬上了投手丘——在那裡嚥下最後一口氣。這個假設應該能解釋這個不可思議的狀況吧？」

這個嘛——就是假設吧。

無法交代桃木兩太郎爬上鐵絲網的理由（總不會是爬上去拿球吧），

要用爬的爬到投手丘，應該會在地面和他身穿的運動服留下痕跡。

就算因為基於「想死在投手丘上」的意念，臨死之際，擠出最後的力氣爬上投手丘這種感人肺腑的假設可以成立……

「說的也是。那，或許是誰把他搬過去的——為了完成他『想死在投手丘上』的心願。」

「……」

倒也不是不可能——是嗎？

至少這樣「摔死在投手丘上」就說得通了——從某個高處摔落，造成了致命傷，之後馬上在所謂「死去的過程」那一小段時間裡被搬上投手丘——不能否定這是會成立的。

這就是剛才閃過鬼庭警部腦海的靈感——看見今日子小姐爬上本壘後方的鐵絲網這個「高處」時，便想到能不能從那裡想辦法跳到投手丘上。雖然從角度上來說不太可能——但如果是摔下來之後再被搬過去。短距離的話，倒也不是毫無可能。

前提是距離要夠短。

「若從『他殺』這個角度來看，則可能是把死者從某個高處推落，再將其搬到投手丘上。」

今日子小姐說道。

然而隨後又像是要收回自己才說過的話一般，接著這麼說。

「但即便如此，也不會是從傳說中的這個——有一說是我曾經摔下來的鐵絲網被推落的喔！」

慢著——要收回自己說過的話倒是無所謂，但真希望她別把自己從鐵絲網上摔下來的事，加上「※眾說紛紜」這種附註來企圖拗成道聽塗說。

那可是不折不扣的史實。

然而，「桃木兩太郎不是從鐵絲網上摔落」的根據何在？

「根據就是我自己啊！」

光是聽這句，或許會誤以為忘卻偵探是個自大狂，不過這似乎僅止於字面上的意思，她讓鬼庭警部看她的背——沾滿塵土的背。

「就連嬌弱如我，從那個高度掉下來也能毫髮無傷，何況是運動選手，不太可能受到致命傷。」

「哦——這樣啊。」

雖然因為失去記憶，很難說她是「毫髮無傷」，但在摔落時採取的受身姿勢確實高明，加上那麼狂野地爬鐵絲網，很難認同用「嬌弱」兩字來形容今日子小姐。不過單就「從鐵絲網的高度落下並不會造成致命傷」這點，鬼庭警部倒是沒有異議。

還不到致死的高度……當然，視墜落時的姿勢或碰撞位置，即使是從二樓掉下來也會致死，但桃木兩太郎全身上下承受的撞擊傷，卻也並不是傷在必定會致死的要害。

「更何況，也很難想像桃木兩太郎先生會在深夜來到球場，千辛萬苦爬到鐵絲網上——最後還從那裡掉下來。」

即使受到兇手的脅迫，也不會這麼做吧——鬼庭警部暗帶嘲諷。

「是呀，沒人會做出那麼愚蠢的事。」

今日子小姐事不關己地表達贊同——世上怎麼會有這種將喪失記憶體質運用到如此收放自如的人啊！

來點脆弱或感傷好嗎？

也太厚臉皮了。

彷彿為了證實鬼庭警部心裡對她的印象，今日子小姐又一把推翻自己剛才說的話——

「不過，先不管蠢不蠢——也就是說，先不管會不會真的爬上去，如果是掉到另一側，就不在此限了呢。」

與其說是推翻前言，就算是有記憶，她似乎也完全不會拘泥於自己的之前的推理及觀察。

「另一側？你的意思是……」

「不是球場這邊，而是掉到觀眾席那一側的情況。從觀眾席爬上本壘後方的鐵絲網，又摔落觀眾席。這麼一來，因為落點不是泥土而是水泥地，縱使沒多高，也會身受重傷。」

「哦……原來如此。」

是衍生自剛才今日子小姐在失去記憶以前說的「比起高度，地面硬度才是重點」的說法。

即使失去記憶，似乎不會連基礎知識都喪失。

「……今日子小姐，你這麼說有幾成把握？」

搞不好她馬上又要說出完全相反的推論——鬼庭警部心想，小心翼翼地這麼問道，然而今日子小姐卻轉過頭來嫣然一笑。

「可以說是一點把握也沒有呢！」

那笑容甚至有點白目。

就算是白髮的偵探，也不能這麼白目。

「光是要從本壘後方鐵絲網附近爬上投手丘就難如登天了，更遑論是落在觀眾席那一側的桃木兩太郎先生要在『幾乎當場死亡』的『幾乎』這個空檔間移動到投手丘……要是還那麼有體力，早就去醫院了吧。」

「不是也有『其他人把他從觀眾席移到投手丘』的可能性嗎？也就是，

利用某種手段把他從鐵絲網推下去——」

「在那之前，必須先利用某種手段，將桃木兩太郎先生帶上鐵絲網的高處……這仍然很難想像會是他自己爬上去的。又不是小孩子。」

眼前就有一個明明不是小孩子卻爬上去的人——不過，看在這個人似乎願意有條有理地講述其推理的份上，就不跟她計較了。

「利用某種方法迷昏『死者』，把他扛在肩膀爬上鐵絲網，將其推落觀眾席那一側予以殺害。接著自己順著鐵絲網爬下去，再把他扛起來，爬過網子，一起來到球場這一側——最後再把他搬到投手丘上。」

「……辦得到嗎？」

「理論上或許辦得到，但我想不太可能。」

今日子小姐有點粗魯地把手伸向鐵絲網，該不會又要爬上去吧——鬼庭警部更擔心她又再說什麼「凡事都要試過才知道」，要鬼庭警部給她背著爬鐵絲網——幸好（真的是幸好）她只是把手放上去而已。

這也難怪。

「看這個鐵絲網的強度，根本無法支撐兩個大人的重量吧，一上去就會『咕嘰！』一聲被扯到整個變形。」

雖然她用可愛的擬聲詞來表現，但是在攀爬這種鐵絲網的過程中，要是網子發出『咕嘰！』一聲整個變形，可不是開玩笑的。

兇手也會跟著一起摔下，從他殺變成雙屍命案。

（……不）

「真要這樣說的話，今日子小姐，一個人也辦不到不是嗎？」

「咦？是嗎？」

今日子小姐不以為然地側著頭問。

看樣子這個人會以為自己辦得到的事，別人也一定辦得到——當然，換成鬼庭警部，倘若收到無法違抗的命令，被要求無論如何都要爬上鐵絲網，那倒也不是不能爬。畢竟學過柔道，真要跳下來，應該也能保護自己不受傷——然而，那是因為鬼庭警部是位個子嬌小、身輕如燕的女性才辦得到。

但桃木兩太郎可是體格壯碩的男性運動員，而且相當肌肉結實——他的體重搞不好是今日子小姐的一倍以上。

兩人份的今日子小姐。

不僅如此——可能還是兩個成人的重量。

「哦——體重。原來如此。」

今日子小姐心領神會地點了點頭。

然後又重新看了鐵絲網一眼。

「這確是疏忽了。因為我從未認真想過身體的重量什麼的。」

「……」

這句話真令人羨慕。

也罷，正因為是這樣的今日子小姐，才能從那種高度掉下來還沒受重傷吧——損傷僅止於失去記憶的「程度」。

「因為爬不上去才會掉下來——雖然也可以這樣看。但如果爬不上去，也無法到達足以掉下來的高度。」

「沒錯……不過以職棒選手的體能，倒也不是絕對爬不上去，可是這麼做一定會在鐵絲網上留下痕跡才是。為了不掉下來，用力抓緊網子，導致變形的痕跡。」

今日子小姐邊說邊檢查鐵絲網的形狀——鬼庭警部也模仿她的動作，卻也如所料沒發現那樣的痕跡。

今日子小姐能不在網子上留下任何痕跡地爬上去，體重再怎麼說都太輕了吧……鬼庭警部反倒擔心起來，又想到或許是像她摔下來的時候那樣，原本就善於在活動時分散自己的體重？

「算了，順便也把本壘後方以外的網子檢查一下吧——畢竟一壘側，和三壘側的看台那裡，也有高度很可觀的鐵絲網。」

感覺今日子小姐真的是「順便」就動了起來——與其說是不放過任何微乎其微的可能性，更像是想要徹底完全排除遭到否定的可能性。

也是，倘若沒有這麼仔細的態度，偵探常用的那招「利用消去法進行的推理」就不能成立了——當然，鬼庭警部也願意奉陪到底。

反之，要是這時能找到鐵絲網不自然變形的地方，就表示距離破案也不遠了。

「或許我已經問過這個問題……鬼庭警部。這座棒球場的保全防護系統做得如何？可能在半夜溜進來嗎？」

她的確已經問過這個問題。

爬上鐵絲網之前，還在選手休息區的時候就已經問過了。

「當然，除了相關人員以外禁止進入——況且這一帶絕不是治安良好的地區。只是反過來說，若是相關人員，就能輕易進入。」

球場畢竟不是放什麼貴重展示品的設施——也有預算上的權衡吧，戒備實在稱不上嚴密。當然，要付錢才能進去的觀眾席出入口一定是門禁森嚴，但如果是「狂熱粉絲」，或許也知道相關人員專用的出入口。

「嗯哼……既然如此，處於『幾乎當場死亡』狀態的桃木兩太郎先生，可能從球場外面偷偷溜進球場裡嗎？」

「可能……吧。」

只是，就算能偷溜進去——如果有溜進去的體力，應該會去醫院吧——

除非是自殺。

「反正都要死，希望能死在投手丘上」的心態還能理解，但是「想死在投手丘上」的心態則完全不能理解──退一百步想，即使那是他的真心話，也沒必要從哪裡跳下來，在瀕死的狀態之下移動到投手丘。

一開始死在投手丘上不就好了……

（不過……這也有點困難了？要死在那種什麼也沒有的地方……）

跳樓當然不用說，也不能上吊──唯一的方法只有服毒吧，但考慮到要如何取得毒藥，其實也不比其他手段簡單。

這麼一來，還不如採取更粗暴的方法，例如用刀子割腕或切腹自殺之類──但即使是不諳棒球的外行人，也會認為那種自殺手法萬萬不可吧。

讓大量血液玷汙神聖的投手丘──身為投手應該絕不會讓這種事發生。

（想來「從其他地方跳下來，再移動到投手丘」還滿有可能的。想在投手丘斷氣，但要流血還是找別的地方的這份對棒球的敬愛之心──）

只是，比起這種倚賴精神性或高度意志力的假設，「有人從球場外將瀨死的桃木兩太郎搬進來」的可能性似乎還高些。

（「他殺」……不，這麼一來，協助自殺嗎？事先找好幫手，再找個地方跳樓，請對方將「幾乎當場死亡」的自己搬到投手丘上——）

雖說要不留下被搬運過的痕跡並不容易，要這麼剛好沒有「當場死亡」而只是「幾乎當場死亡」也有難度，但是現階段，還沒有特別的理由可以排除這個假設。

硬要說的話——

「從球場周圍的網子上掉下來的可能性似乎並不高呢，這些鐵絲網看起來都沒有任何異狀。」

「說的也是。如果有必要，稍後再請鑑識人員檢查一下——但大概不會有任何成果吧。」

當然，這不是剛蓋好的球場，鐵絲網不可能沒有任何損傷。然而，也沒有像桃木兩太郎這麼魁梧的大男人爬上去過的痕跡——於是乎，應該可以先排除這個可能性。

「通往外野看台區方向是垂直的高牆，實在爬不上去……觀眾席那一側是進不去的，高度也完全不夠——要是能爬到全壘打標竿的最上方，的確能確保足夠的高度，但是如果有那麼好的體能，根本不用考慮什麼急流勇退，也不會晚節不保吧。嗯，是否應該到球場外面找尋其他的可能性呢？」

感覺今日子小姐不怎麼失望，反而很滿意能完全排除既有假設似的，繼續朝選手休息區走去——大概是去球場外面吧。

從確認球場的保全防護系統（嚴格說來是再次確認）這點看來，今日子小姐大概也跟鬼庭警部想到同樣的事——只是，考慮到立地條件，這種「從球場外將瀕死的桃木兩太郎搬進來」的假設也很難成立。

的確，球場內確實沒有地方可讓人自高處摔落，但也不能說球場外就會有這樣的地方——因為球場旁也沒有什麼高樓大廈的建築。

（沒錯，硬要說的話——）

硬要說的話，周圍只有廣大的停車場與廣大的公園。

簡言之，就是一整片廣大的平地。

「……」

今日子小姐走出球場，似乎被這般風景給震懾住——這在來球場時應該早就看到了，吃驚成這樣會不會有些反應過度？但是鬼庭警部隨即又想到。

（對了，她忘記了）

因此，她才會比鬼庭警部對「解決的關鍵可能在球場外」更充滿強烈的期待吧。然而實際上，球場外跟球場內是五十步笑百步的平面世界。

地面材質當然不一樣——但是也同樣完全找不到有足夠高度，可以縱身一躍的「跳台」。

雖然是沒有屋頂的球場，也不用擔心有人會從大樓的樓頂看免費棒球——球場、停車場、公園都是由同一家公司經營，走統一的設計風格，所以才會形成這樣的風景。

「這樣不是很好嗎，為了預防附近有人跳樓自殺，真是無所不至。」

今日子小姐聳聳肩，像是想重新打起精神地說道，但也聽得出來是在虛張聲勢——因為她這恰似讚許的發言之中，隱隱藏著棘刺。

「可是今日子小姐。只要走出球場區——再過一條馬路，就能看見高樓大廈嘍！原本平疇野闊的風景就會有高低起伏。」

雖然也沒這必要，但鬼庭警部還是試圖幫這一帶的設計師說話。

「距離太遠了。」

今日子小姐搖搖頭說。

「假設要趁桃木兩太郎先生處於瀕死狀態，『幾乎當場死亡』但還活著的時候搬到投手丘——『靠自己移動過去』也可以——這個範圍再怎麼廣，應該也僅限於球場周邊……要是這裡能有棟大樓，一切都解決了說。」

硬是哪壺不開提哪壺的今日子小姐——彷彿想要找出根本不存在的大樓似的，她仍舊持續繞行球場外圍。當然不會有業者蓋大樓的目的是為了讓人跳樓，但是她這份仔細……該怎麼說呢，比真正的刑警還要徹底。

光是可以看到同年代女性的這種工作態度，對鬼庭警部而言，今天已經是收穫豐碩的一天——然而遺憾的是，看這樣子調查可能仍然膠著，終究不了了之。

太陽逐漸西斜。

不管天氣是陰是晴，都不用再擔心曬黑的問題，但這也表示一天即將結束。

不，警方的調查當然還要繼續進行，可是對於忘卻偵探的委託，則隨著今天的結束而不得不撤回——偶爾也會有這種情況。因為今日子小姐並非無所不能的偵探，並非去到哪裡都能如入無人之境。

在一天內解決——這只不過是她的賣點，現實可沒有這麼簡單，而且說真的，調查的主力還是警方。

不會全都靠偵探。

光是能從「幾乎當場死亡」這句話的灰色地帶，推測出「在瀕死狀態下移動、搬運」的假設，今日子小姐就已經充分完成協助調查的任務了——雖說可能性不高，但也算是為桃木兩太郎充滿謎團的摔死帶來了一線光明。

就現場負責人的角度來看，在調查上可以說是有了十足的進展；身為一介警部，也從她的態度學到許多——只不過，也破壞了鬼庭警部對「名偵探」的一些幻想就是了。

不只是她工作的姿態，就連失態也一覽無遺。這也應該可說是一種學習吧——只是，一想到假如那時今日子小姐沒有因為從鐵絲網上失手墜落而失去記憶，現在搞不好已經找出真相了——不免還是有點不太甘心。

就算她是最快的偵探，一旦在辦案的過程中「回到原點」，也不得不減速——而且在選手休息區為她講解案情概要時，今日子小姐明明是似乎有些什麼想法的。

（記得她好像自言自語了一句什麼來著……）

「光榮戰死……」

「什麼？」

今日子小姐耳尖地捕捉到鬼庭警部的低喃。

「你剛才說什麼？鬼庭警部。」

「沒、沒什麼。」

不是我說的，是你說的——鬼庭警部原本想好好說明，但又覺得只會讓事情變得更複雜，所以就算了。

這下才是像在糊弄喪失記憶的人，鬼庭警部雖感心虛，還是決定說明得簡略些。

「只是有點在意。我總覺得『光榮戰死』這句話，是本案的關鍵。」

畢竟不是自己的感受也並非自己的想法，講出來的話於是相當曖昧——若是對人移情作用，感覺對方為自己的心情代言就算了，但現在自己居然要為一個根本無從感同身受的對象代言她的想法……

不過，勉強自己說出口之後，又覺得是多此一舉——這議題已經與記憶重置後的今日子小姐再三討論過了。「反正都要死，希望能死在投手丘上」這種「光榮戰死」——不管是他自己的演出，還是別人製造出的假象。

儘管不曾直接提到這個詞，但從剛才就一直都是在討論這個議題。

因此，她這反應或許沒什麼意義——就算有意義，或許也只有像在記憶重置前後喊「鬼庭警部」時，重音有一點點不同的那種程度吧。

「光榮戰死……光榮戰死……光榮戰死……」

可是，今日子小姐本人渾然不知那是自己想到的關鍵詞，彷彿在進行精密分析般在口中重複了好幾次。

「……」

「呃，那個……今日子小姐？」

「……」

「今日子小……」

「鬼庭警部，可以請你在這裡等一下嗎？我要去跑一跑。」

「啥？」

跑一跑？

話剛說完——真的是話剛說完，今日子小姐就當場衝出去了。

完全是田徑選手的跑法。

這次完全任由裙子隨風翻飛。

才開始想她到底打算幹嘛，轉眼間今日子小姐已經跑得遠遠了，從她的動線看來，似乎是在沿著球場跑——她要鬼庭警部在這裡等一下，難道是打算就這樣沿著球場外側跑一圈嗎？雖然這的確是條慢跑路線——不會是想找棟高聳建築物想瘋了，令她坐立難安？還是時限將至，令她如此焦慮？

想找高樓的話，只要去看一下立在附近的地圖看板就好，大樓又不可能在她跑步時就蓋好一棟——更何況，看她以那種速度跑，還真擔心她會不會又跌倒。

說來講什麼「當運動選手全力衝刺撞向牆壁或許真的會死」的，是記憶重置以前的今日子小姐，還是記憶重置以後的今日子小姐啊……就在鬼庭警部想著些有的沒的之時。

「鬼庭警部！」

背後傳來非常有精神的聲音。

太快了！

已經跑完一圈了嗎!?

「謝謝！多虧你給的提示，我推理出本案的真相了！」

她之所以氣喘如牛，顯然是因為剛繞著球場跑一圈，但是就算不計這一點，今日子小姐的情緒依舊十分亢奮——雙頰泛紅笑容堆滿面，激動地握住鬼庭警部的手。

「真的非常感謝你！給我這麼美妙的提示，你真是最棒的警官！能與你共事，真的讓我打從心底感到光榮！」

罪惡感真不是鬧著玩的。

別說是糊弄喪失記憶的人，還搶走她的功勞——不只是把球場繞一圈，她根本是繞了好大一圈在自吹自擂。要向這樣的今日子小姐闡明真相，實在很滑稽。

再說，今日子小姐應該會已經忘記所有「曾和她共事過」的警官才對，所以她的稱讚其實聽聽就好——那，就先把這件事擱一邊。

推理出本案的真相？

真的嗎？

「今、今日子小姐——此話當真？」

「我怎麼敢騙你呀，鬼庭警部。」

希望她不要再這麼謬讚自己了。

真的不想用這麼滑頭的手段提升好感度。

「那、那麼——你是說，你已經知道為什麼會在投手丘上發現資深投手——桃木兩太郎先生的墜落屍體了嗎？」

這樣再三確認令鬼庭警部深感惶恐，但一想到對方是忘卻偵探，還是必須慎重以對——說不定是她記憶重置的時候誤會什麼了。

「沒錯，托你的福。」

感覺快被敗德感壓死了。

對話已然是彼此代言的究極型態，為了不讓她道謝個沒完，鬼庭警部一心只想讓她把話說下去——雖不知這個提示（今日子小姐自己想出的提示）到底起了什麼作用，但恐怕是極為錯縱複雜吧。為了不要因為自己的理解力太低而誤解這起怪事件的真相，鬼庭警部坦白問她。

「那麼，桃木兩太郎先生是從哪裡摔落地面的呢？」

不管事情是發生在投手丘上，還是發生在其他場所——他到底是從哪裡摔落地面的？

這個案子的謎團終歸就是集中在這一點上——就算不能說只要解開這個謎就解決一切，但至少可以抓到個線頭。

鬼庭警部這麼想，但今日子小姐卻搖搖手指說道。

「這個問題的問法不甚正確！一點也不像你。」

事到如今，鬼庭警部決定對她的謬讚充耳不聞——不甚正確？那要怎麼問才是正確的？

「不是『從哪裡摔落地面』，你應該要問『是從哪裡的地面摔落？』才正確呀！」

「從、從哪裡的——地面？」

「好比說——這裡。」

今日子小姐說完，指著腳下。

她現在就站在人孔蓋上。

9

比起落下的高度，落點的地面硬度才是問題所在，這句話不管是喪失記憶前的今日子小姐，還是喪失記憶後的今日子小姐都說過——不過，這個假設的立論也是有誤。

桃木兩太郎並不是哪裡摔落地面，而是從地面摔落——被她這麼一說，這件案子別說是錯綜複雜，根本是一目了然，連盲點都沒有。

毋寧說是顯而易見。

周遭都是寬廣的平面停車場和公園，沒有什麼遮蔽物的這一帶，到處都可以看到地面人孔——看來今日子小姐剛才之所以跑那一圈，是在確認球場四周的人孔蓋數量和位置。

想到的瞬間就採取行動。

不管是思考還是行動——都太快了。

到底有誰能跟得上這最快偵探的腳步呢——就算自己真是最棒的警官，也覺得力有未逮。

雖然電線桿的數量愈來愈少，但只要是有人居住活動的地方，無論何處都有地下水道——而人孔蓋，就是通往地下水道的出入口。

顯而易見——只是誰也沒在看。

一凡提到「墜落屍體」，一般人都會聯想到是從高處落下——即使附近根本沒有足以墜落的高處，也會這麼想）

被人發現倒在投手丘上「幾乎當場死亡」的桃木兩太郎——是在其他地方摔死的推理固然沒錯，但要找的地方並不是「高處」。

（與其說是盲點——不如說是理論的漏洞）

洞。

這也太過直球了。

硬要說的話，「陳屍現場是投手丘，而且還是在棒球場上」所造成的印象也造成了干擾——球場上別說是洞，就連些微的凹陷都不被允許存在，整備得非常平整也只是當然。

平整到足以讓人相信——地面是絕對可靠的。

然而，只要排除這種先入為主的成見，真相一下子就浮出水面——事實真是簡單到要稱其為「真相」都會覺得有點可笑。

（雖然這麼說不太恰當，即使沒委託今日子小姐，只要腳踏實地好好進行調查，遲早會水落石出吧——不過，她的速度真是夠快）

警方內部當然也有像鬼庭警部的上司那樣，對於委託民間的偵探感到不以為然的人，但今日子小姐受到重用的真正理由，除了她的本事及忘卻能力之外，或許更是著重於她「最快」的這一點——鬼庭警部不由得這麼想。絕對委託今日子小姐，絕不只是想搭偵探便車，而是花錢買特快車的車票。絕對不會傷及警方的顏面，懂得掌握這種身為職業偵探該有的分寸拿捏，也是她受到重用的主因吧。

從這個角度來說，獲得提示的仍舊是鬼庭警部——單憑今日子小姐指出人孔蓋一事，就讓她幾乎洞悉一切了。

不需要解謎的場面，用不著名偵探的演說——也不需藍圖或圖解。只要動員所有部下實施人海戰術，徹底進行地毯式搜索、盤問來調查即可。

於是——當天晚上就有了成果。

做為「並非奠基於科學知識的自主訓練」的一環，桃木兩太郎一如往常地繞著球場慢跑——因為遺體身著慢跑用的運動服，這點可說是意料之中。

今日子小姐會突然開始沿著球場跑起來，除了確認人孔蓋的位置以外，或許也具有回溯死者行為的用意。

然而，不只出乎於調查小組意料，甚至也出乎桃木兩太郎意料的是——球場周圍的人孔蓋被偷走了。

被「狂熱粉絲」偷走了。

（絕不是——治安良好的地區）

鬼庭警部實在不明白人孔蓋有什麼好偷的，但因為是球場私有地的人孔蓋，上頭有球團的標誌，因此被球迷偷回去「珍藏」的事也時有所聞——若拿到網路上拍賣，聽說還挺值錢的。

似乎是十足「值得偷的東西」。

也可能只是因為金屬的價值而失竊——這部分又是另當別論。總之因為蓋子被偷，地面開了一個「洞」，桃木兩太郎不慎掉進那個「洞」裡。

意料之外的洞——意料之外的陷阱。

當然，雖然「高度」不算太高，但是下頭的落點卻是水泥地——地面的硬度，再加上桃木兩太郎自己的體重。三更半夜黑漆漆掉進暗處，根本來不及應變擺出受身姿勢保護自己吧。

所以才會受到「幾乎當場死亡」的創傷。

……是一件只能說是不幸意外的事，但也確實是一件或許會發生的事——既沒有不可思議之處，也不是什麼謎團。

事情之所以會變得如此複雜，都要怪球場警衛們——他們聽到慘叫聲後立刻趕來，發現瀕死的桃木兩太郎。

說是湊巧也是湊巧，但如果他們能及時發現人孔蓋被偷的事，或許這個悲劇就不會發生了——這麼一想，還是只能說很不巧。

只用手電筒照了一下，他們立刻就知道是誰掉進下水道裡，而且性命垂危——畢竟是球場員工，警衛們立即認出那個人是桃木兩太郎。

當然也想過馬上叫救護車——然而拿來梯子下到洞裡，看一眼就知道人已經沒救了。

要說實際上是不是真的沒救，現在已經無從查證了，但至少他們當時是這麼以為的——然後這麼認為。

「可是——」

「不能讓桃木兩太郎這樣死去——」

倒也不是真的認為投手應該死在投手丘上——但是「在夜間慢跑時由於沒注意到地上有個人孔沒加蓋，掉進暗無天日的下水道摔傷致死」這種怎麼看都會淪為笑柄的死因，讓他們幾乎是義務性地認為「絕不能讓偉大的投手死於這種理由」。

不想難像媒體會怎麼報導這種有如綜藝節目或搞笑漫畫裡頭才會出現的死狀，社會大眾會做出什麼有口無心的評價。

也不是——不能體會警衛們的心情。

之所以無論如何都無法坦然接受「桃木兩太郎投手爬上本壘後方鐵絲網後掉下來摔死」的假設，與其說是認為他沒有這麼做的理由，更是因為這種死法滑稽到莫名其妙的地步——就像記憶重置後的今日子小姐死都不承認自己做了那種蠢事一樣，這也是同樣的道理。所以縱使他真的是從網子上摔下來，一般人也會認為絕對是有人把他推下來的。

更別提「被投手板絆倒摔死」的可能性。

即使完全算不上球迷的鬼庭警部，聽到「資深選手掉進下水道裡死亡」這種「摔死」，也都會直覺認為其中必有誤會。

因此，發現的人。

試圖導正這個錯誤。

比起「反正都要死，希望死在投手丘上」，這個動機顯然明確多了——他們無論如何都想迴避「橫豎都是死，竟然死在下水道裡」的結果。

並不是要讓他「光榮戰死」。

而是為了導正「不光榮的枉死」。

要反過來想——並非摔落在地面，而是從地面摔落。並非以「光榮」為準，而是應該以「不光榮」做為判斷標準。

（實在稱不上是什麼提示……）

但是能成為強烈的動機吧。

比起做正確的事，人們更會想去矯正不正確的事。

為了導正錯誤，將「幾乎當場死亡」但仍處於瀕死狀態的桃木兩太郎搬到球場，安置在投手丘上——對球場警衛們而言，應該並非難事。

雖然由於他們將桃木兩太郎的身體搬上投手丘，造成了一具「不知是從哪裡跳下的墜落屍體」，但這並不是「推理小說迷基於個人的興趣，為了完成不可能的犯罪，刻意布置出不可能狀態」——警衛們才沒考慮什麼可能不可能，只是一心想把投手安置在更適合他、最適合他的位置上。

硬要說的話，不是推理小說迷走火入魔故布疑陣，而是「棒球迷愛得太深做得太過」——當然，兩者都不值得稱讚，一想到「當時馬上叫救護車說不定還有救」的可能性，警衛們顯然脫不了責任。

說不定是臨死之際的桃木兩太郎自己，在意識朦朧的狀態下，對發現他的警衛們提出這種「要求」——如此推理也是成立的。只是警衛們卻親口否認了這個可能性——發現他的時候，他已經沒有反應了。

警衛們還特地從不顯眼的地方把人孔蓋搬過來做為掩飾，所以他們對自己做的事是有自覺的，是自動自發的。

——的確是自作主張。不知吃錯了什麼藥。

——一時鬼迷心竅。被現場氣氛給迷惑了。

——我也不曉得自己為什麼會這麼做。

他們異口同聲地這麼反省，既不說謊，也不打馬虎眼——可是。

可是當時我們都覺得這麼做是對的——也都異口同聲地這麼說。

（……結果還是自我投射吧）

不能讓他那樣死——其實也是「自己不想那樣死」的心情寫照。

極端地說，對方是否為偉大的投手也毫無關係——不，或許正因為是偉大的投手，才更會把自己的內心清晰投射上去。

對於被擅自當作投射對象的桃木兩太郎來說，可能只覺得非常困擾，搞不好本人根本覺得要死的話死在哪裡都一樣。只是，在投手丘上，在忠實球迷的圍繞下嚥下最後一口氣的他，其實很幸福的也說不定——不。

這也是自我投射吧。

像是在代言死者的心情，其實只是在表達自己的想法——只不過是把「自己死的時候，希望能在親朋好友的圍繞下死去」的心情，硬是套在對方身上。

從桃木兩太郎的死法和死狀能看出什麼、有什麼想法、賦予什麼意義，除了對於看的人、想的人以外，沒有任何意義。

若是有人去嘲笑掉進人孔裡死掉的他，就表示這人是個死也不願被人嘲笑的人。若是有人去稱頌死在投手丘上的他，就表示這人是個死都想要被人稱頌的人——死亡，不過就是死亡。

想像那樣，不想像那樣——說穿了，全都是自己在想。

（可是，對於桃木兩太郎的摔死——今日子小姐究竟是怎麼想的呢？）

對於這點，她什麼也沒說。

什麼也沒表示。

或許是因為沒問她吧——要是問她，她肯定會陳述一些見解的。然而，已經太遲了。

在那之後太陽下山，一夜過去。

忘卻偵探早已忘了這件事。

不僅如此，當時她也只是指了指自己腳下的人孔蓋，暗示桃木兩太郎可能是從地面掉進下水道的推測，然後似乎就認為委託她的工作——今天的任務已經達成，於是便頭也不回地離開了球場。

的確，接下來是警方的工作。

只不過在那時候，明明還不能確定摔死的投手是靠自己的力量爬到投手丘上？還是被誰搬過去的？如果有人搬過去，又是被誰搬過去的？人孔蓋為什麼會憑空消失？是被偷走？還是正在施工？還有更重要的大前提「掉進人孔裡」這個推測到底是不是正確的？

在什麼都還不確定的情況下，她就收工了。

完全沒有「想知道真相」或「想解開謎團」這種像個偵探會有的反應，感覺就是謹守分際——不。

應該說，幾乎不帶任何私人情緒。

管他光榮不光榮，就只是執行任務的那種態度，看起來的確很乾脆，但是對於原本還因為「同樣身為女性」而深感好奇的鬼庭警部而言，卻也有著足以戳破其幻想的虛無。

（對於會把一切都忘記的那個人而言，或許根本沒有可以帶入感情的對象，也沒有自我投射的對象——因為沒有「我」，所以什麼都沒有）

所謂遺忘，絕不是無法積累而已——不只無法觸碰到未來，若以像地面一樣理應是絕對的「現在」做為基準，她也只能一直被拋在後面。等於是朝著永無止盡的地獄深淵，朝著深不見底的無底黑洞，不停地不停地往下掉。

（有如朝著不知終點在何處的方向持續飛行——死得其所什麼的，是她

永遠無法到達的彼岸）

正因為如此，她才能夠絲毫不帶自己的情緒，徹底回溯他人的體驗——鬼庭警部也曾經以為，忘卻偵探的「忘卻」這個稱號是用來表現保護機密，絕不洩密的優點，但或許並非如此——可能也有不讓任何人看穿自己、忘記被看穿的自己，進而能夠屏除一切成見進行推理的優點。

（只不過這樣的話，她到底活在哪裡呢？把自己投射在別人身上，卻無法在別人身上看到任何東西——那，今日子小姐不就等於是不存在的嗎？）

（掟上今日子與墜落的屍體——忘卻）

第三話

掟上今日子與絞殺的屍體

1

兩件事讓山野邊警部怒不可遏。

一件是目前正在偵辦的案件著實令人惆悵，另一件則是必須與來歷不明的偵探一起偵辦如此令人惆悵的案子，著實深感委屈悲憤。

總之是怒火中燒。

（又得跟那個忘卻偵探共事——真是氣死人）

在所屬的轄區內，山野邊警部算是很罕見的反忘卻偵探派——嚴格說來，轄區內反忘卻偵探的，只有山野邊警部一個人。

根本無法形成派閥。

大家都理所當然地欣然接受那名白髮偵探的建議——對於一般市民一而再、再而三地介入他們的職掌範圍，絲毫不以為忤的樣子。

他們不知道這是一件多麼詭異的事嗎？不管高層再怎麼偏愛她——不，就算她是高層青眼有加的偵探，也不能讓私家偵探理所當然地參與案件調查

——又不是在拍推理連續劇。

當然，在之前幾次的共同調查時，山野邊警部也曾親眼目睹忘卻偵探的本事，明白她真的非常優秀，實際上也都交出了相當成果——不可否認，托她這位「最快的偵探」之福，迅速偵破的案件確實多不勝數。

然而，這也應該告一段落了。

還是得把辦案交給專業。

（雖然我說這些，實在活像是推理連續劇中那種一味守舊、死腦筋的警部——但在現實中，明明這樣才是對的）

若要說事實比小說還離奇，那就更應該嚴守紀律才是。

因此，這次聽到上司又跑去委託置手紙偵探事務所之時，山野邊警部固然也曾極力反對，可惜抗議無效——只得到「這件事已經拍板定案，今日子小姐也已經前往現場，趕快去與她會合」的回應。

實質上這就是命令，以山野邊警部的立場只能遵照辦理。不知道為什麼（大概是她們年紀相仿又同為女性吧），搞不清楚狀況的上司似乎誤以為山野邊警部與忘卻偵探是天造地設的好搭檔，動不動就想把她們兜在一起。

（是把我當作忘卻偵探負責人啊）

雖然滿腹牢騷，但山野邊警部也只能前往案發現場——她是很容易生氣的人沒錯，但也不會讓個人的情緒凌駕於職業道德之上。再怎麼討厭忘卻偵探，也會壓下自己的情緒來面對工作。

案發現場是某家綜合醫院——的其中一個病房。

「……」

「呼……呼……呼……」

白髮的偵探就睡在床上。

眼鏡放在一旁，睡得極為香甜的模樣。

針織襯衫搭格子褲裙，腳上套著白色的膝上襪——以這身裝扮躺在醫院病床上也太新潮，她那樣子不只是處變不驚（Nihi admirari），甚至令人有些毛骨悚然（Gruesome）。

至少完全沒有「睡美人」的感覺——實在目中無人。

唉……深深嘆了一口氣之後，山野邊警部大喝一聲。

「今日子小姐！」

這一聲響徹在並不怎麼寬敞的病房，讓今日子小姐靜靜睜開雙眼。

「……」

好容易就醒來了。

然後她拿起眼鏡，望向雙手叉腰站在門口的山野邊警部，慢條斯理地坐起身來這麼說。

「初次見面。你是誰？我為什麼會在這裡……」

2

忘卻偵探，掟上今日子。

一旦睡著，她的記憶便會重置。

無論那一天是怎麼度過的，只要一覺醒來，就會把那天發生的事全部忘記。

這個人就是善用這種「健忘」來經營她的偵探事業——無論打探到什麼機密，無論知曉了什麼隱私，只要到了第二天就會全部都忘記的這個特性，讓她比任何同業都能更確實地遵守保密義務，也算是上天賦予她的優勢。

是為公家機關的警察廳，之所以能肆無忌憚地重用忘卻偵探，原因也在這裡。

案情的內容、取得的證據、揭發的真實——就連一起工作過的伙伴，她都會會忘得一乾二淨。

即使當著與自己共事過不只一兩次（雖然是被逼）的山野邊警部面前，她也能滿不在乎地說出「初次見面」這種話——這也更讓山野邊警部的氣不打一處來。

（明明和我一起調查過好幾起那樣重大的案件，居然也能忘記，莫名其妙哪有這種事啊——真是太荒謬了）

當然，理智上也明白對這種事生氣才是荒謬，但是面對每次見面都要重複一次「初次見面」的忘卻偵探著實令山野邊警部感到心浮氣躁，這也是不爭的事實。

話說回來，她為什麼睡在這裡。

睡在案發現場——雖然說有床可以睡。

「我是掟上今日子。二十五歲。置手紙偵探事務所所長。每天的記憶都會重置。」

今日子小姐挽起袖子，念出自己寫在左手臂上的文字。對山野邊警部而言，這也是如今早已習以為常——掟上今日子的備忘錄。

緊接著，她單腳跪在病床上，拉下白色膝上襪——雖說大家都是女人，但是看到如此大膽的行為，真不知是該臉紅心跳，還是該替她感到害羞。

大腿上也有她自己寫的字——於是她又念出那行字。

「現正工作中。搭檔是山野邊警部。」

今日子小姐念完這行字，轉身面向山野邊警部說了聲「失禮了」之後，低頭示意。

「我是忘卻偵探掟上今日子。山野邊警部，這次承蒙您的惠顧，感激不盡，還請多多指教。」

「……噢。」

山野邊警部沒勁地回應——這麼「失禮」的事還真不是經常有機會遇到。沒想到這次打從一開始，就能見識到忘卻偵探的忘卻本領。

（既然都寫了「現正工作中」，就不要想睡就睡啊）

而且惠顧她的人也不是山野邊警部，而是山野邊警部的上司——跟她的這種客套寒暄也已經不曉得重複過幾遍了，一想到等到明天，她就會把這些對話全部忘光，就覺得很空虛。

但也懶得與她搞得脣槍舌戰了。

「所以呢，山野邊警部。這次需要我幫忙的是什麼樣的案子呢？照我看來，這裡好像是醫院的單人病房……」

「這個嘛……」

該怎麼辦呢。

上司應該曾經告訴過她案情概要，然而今日子小姐似乎已經忘得一乾二淨。山野邊警部稍微想了一下。

腦中閃過了「就這樣順勢哄哄她，隨便讓她找個小東西打發她回去」的壞心眼。只是具有高度職業道德的山野邊警部，實在說不出這樣的謊言。

「你那張床。」

彷彿是把笑容可掬的忘卻偵探做為負面教材，山野邊警部繃緊表情，壓下對於眼前案件的憤怒，冷冷地說。

「病人在你躺的那張床上被勒死了。」

3

「死者是霜葉總藏先生——九十二歲。長期住在這間單人病房。事情發生在一週前的晚上，護士因護士鈴響趕過來看的時候，他已經去世了。」

「這樣啊。既然人在醫院，想必不是因為來不及急救吧——真可憐。」

今日子小姐雙手合十，但似乎完全沒有要從發生這起「真可憐」的事故現場——從病床上下來的意思。

對於在約好的地點，而且還是案發現場大模大樣呼呼大睡的忘卻偵探，山野邊警部的怒氣指數雖是節節高升，不過仔細想想，像這樣躺在病床上，應該是她的拿手好戲——亦即回溯案件關係人的行動吧。

站在死者、目擊者的立場，重現案情。

所以剛才應該是在比照可能是在睡夢中遭到襲擊的霜葉總藏，躺在同一張病床上——偵探絕沒有忘記自己「現正工作中」。

如此奮不顧身的結果，是忘了案情概要，害山野邊警部必須多費一道解說的工夫……算了，就當是個好機會，重新審視已經陷入膠著的調查吧。

「嗯哼。」

今日子小姐再度把坐起的上半身躺回床鋪，或許是她體重太輕，床墊幾乎沒有下陷。

「請繼續。」

「……」

真是太目中無人了……

根據山野邊警部的經驗，重現死亡時的狀況，不見得一定能發現死者發生了什麼事，但是忘卻偵探這些不合常理的舉動，有時候的確是破案關鍵——因此，決心向保持仰躺姿勢的今日子小姐繼續做說明。

「據研判，凶器應該是細繩之類的東西——但是並未在案發現場尋獲，恐怕是被兇手帶走了。再加上案發時間是深夜，現階段還沒有取得任何目擊證詞——不瞞你說，也沒有任何破案的頭緒。」

「原來如此原來如此。也因此，我才有幸能接到這個委託。」

嘴裡說是她的榮幸，但今日子小姐依舊躺在病床上——山野邊警部心裡湧起一股想掐死她的衝動。

開玩笑的。

「可是，護士鈴響，護士馬上趕到，但兇手卻已離開這間病房，動作真的很快呢！身為最快的偵探，不由得燃起一股與兇手對抗的熱情。」

最快的偵探自信滿滿地說道。明明直到剛才，直到山野邊警部告訴她之前，她根本忘了自己是最快的偵探。

「既然是因為護士鈴響才趕來，想必留下了正確的時間紀錄吧？案發時間是深夜幾點幾分呢？」

「深夜的兩點十二分。」

山野邊警部沒有忘卻屬性，所以這點小事不用看筆記也能回答——護士鈴響是在兩點十二分，執夜班的護士聽見，趕至病房時，則是兩點十五分。為了把霜葉總藏從鬼門關拉回來的緊急手術也徒勞無功，終究於兩點半宣告死亡——然後在三點前報警處理。

「……」

今日子小姐聽完這些，閉上雙眼——看起來雖然是一副愛睏的樣子，但似乎只是陷入了沉思。

發現自己和忘卻偵探已經熟到從她細微的表情變化就能察覺到這一點，感覺真不爽——重點是對方還不記得這些。

「……有什麼可疑的地方嗎？」

「抱歉，我覺得報警的時間似乎慢了半拍，如果人是被勒死，應該看一眼就知道了——要是能在發現之後馬上報警，就不會讓兇手跑掉——我是這麼想的。」

「那是因為——如同今日子小姐剛才所說，這裡是醫院，自然是以治療為優先——所以才會延誤通報。」

「又或者兇手是醫院的相關人員，為了包庇那個人而集體進行滅證。」

劈頭就提出最露骨的疑點嗎……

而且還一副若無其事。

……當然，「調查時不排除任何可能性」是偵辦案件的準則，既然是在病房內發現住院患者慘遭勒斃的屍體，更不能忽略兇手就在醫院裡的可能性，但通常也不會是劈頭就先提出的推理吧……

不過，恐怕上司也曾和她這麼說過——

「因為也有夜班值勤狀態的紀錄，醫生及護士們在案發時的不在場證明，基本上都是成立的。」

山野邊警部補充。

「當然也不能排除有人製造不在場證明的可能性——然而，今時今日的醫院為了避免發生意外時被懷疑是醫療過失或管理疏失，都會留下相當客觀的紀錄。」

「嗯。原來如此……那麼，還有其他被視為可能是嫌犯的人嗎？例如死者的遺族。」

她講到「遺族」兩字聽來哀戚，語句間則充滿了懷疑的氣息——這樣徹底就事論事，也是山野邊警部所熟悉的忘卻偵探風格。

不管是家屬還是情人，她完全不去考慮這種情感上的要素。山野邊警部雖然經常提醒自己要把專業意識放在情感前面，但是卻也認為——今日子小姐是原本就沒有感情吧。

可能是把「感受些什麼」這件事都給忘了。

也或許是反正都會忘記，乾脆什麼都不去感受……

（可是這在調查時倒是很合理的——也是我個人想達成的目標，所以我才會對忘卻偵探感到如此焦躁吧）

並不是因為她是一般市民，也不是因為她是偵探的關係。是情感與理性之間的平衡感。

因為那種絕妙的平衡感令人捏著一把冷汗——焦躁不已。

「既沒有稱得上是證據的證據，也沒有目擊者，如果監視器也沒有拍到關鍵性畫面，那麼就只能從動機來找出兇手……」

山野邊警部說道。

「當然，死者一死，家屬自然可以繼承到一筆可觀的遺產……好像也有些親朋好友跟他處得不太好……」

「嗯？怎麼了？聽你說的支支吾吾，看來金錢和人際關係可是會成為本案牢不可破的殺人動機吧！」

殺人動機有什麼「牢不可破」的——但今日子小姐說的確實沒錯，身為負責偵辦過許多命案的刑警，山野邊警部也非常同意這想法。

問題是。

「不過今日子小姐——你忘了嗎？死者可是九十二歲的老人。因為渾身是病才長期住院，一直處於臥床不起的狀態。一個根本無法自己獨力下床的老人……」

「有必要特地殺了他嗎？」

今日子小姐斬釘截鐵地說出山野邊警部難以啟齒的話。

「沒必要特地冒險，殺死一個原本就不久於人世的人——是嗎？」

「……呃，嗯，就是這麼回事。」

主治醫師供稱已經告訴過霜葉總藏他的時日無多，何時魂歸西天都不奇怪。還說他最近意識不清的時間甚至比較多——誰會去勒死這種老人？如果是為了遺產，根本什麼都不必做，只要等待就好——就算是有什麼仇恨，不惜殺死全身插滿點滴的人也要報的仇，究竟是什麼深仇大恨？

「不能這樣一口斷定吧？或許是陷入急需用錢的窘況，也或許是兇手恨死者恨到不願讓他壽終正寢，非得親手殺死這傢伙才能洩憤。」

「……話是這樣說，不過家屬裡似乎沒人有這麼急迫的煩惱——我也不認為死者有遭人怨恨到這個地步。」

要說的話，就是很普通。

活了九十年，沒有人際關係上的糾紛或爭執才奇怪，但是用九十年這麼漫長的歲月來計量，那些似乎又顯得微不足道了。

對於還不滿三十歲的山野邊警部而言，那是可望不可及的境界——但在此時，今日子小姐已經不屈不撓地提出下一個假設。

所謂「愛唱反調」就是這麼一回事。

「如此一來，接著可以想到要殺死老人的理由，無非是照護疲乏了。或者……別說有遺產可以繼承，根本是已經不堪負荷日積月累的住院費用、手術費用，於是在逼不得已、走投無路的情況之下，犯下罪行。」

她對於家屬的疑慮也太深了。

懷疑到這個地步，已經不能說是不帶個人情緒的冷靜無私，也不是公平公正的推理，反而會讓人以為今日子小姐是否原本就對「家人」這種概念有什麼負面的偏見——

說到這個。忘卻偵探的家人。

倒是從不曾聽過這方面的流言。

（是否連家人也忘了呢？）

「抱歉沒先說在前面……死者霜葉總藏先生是位資產家，應該是請專業看護來照顧他——因此不會有照護疲乏，或經濟上的問題。」

「是有錢人啊，好好喔！」

今日子小姐喃喃自語，看似真的很羨慕。

她的貪財也很有名。

「對了，死者霜葉總藏先生是做哪一行的？」

「公務員……後來踏上政治之路，從議員的職位退下來後，轉行成為企業家。住院以後，聽說還做了一陣子股票。」

「人活得愈久，頭銜也會變來變去呢——像我這種人，因為只有今天，除了偵探以外再也沒有其他頭銜了。」

說完，今日子小姐「嗯——」地哼了一聲，翻了個身。

從仰躺換成俯臥的姿勢。

看上去只像是在伸懶腰。

「要是遺產金額過於龐大，或許也有人會因為手頭不寬裕以外的原因犯案吧。例如想在遺產稅提高之前先繼承財產之類的。」

「不會，因為死者與家屬的關係還不錯——家屬似乎也很頻繁地來探望他。而且遺產稅早就漲了。」

向今日子小姐報告了可能是被她遺忘的最新稅制，只見她頻頻點頭。

「嗯嗯嗯。那麼生前贈與還比較划算呢！」

對稅制的理解比對案情的理解還快——到底是在最快啥啊。

「可是山野邊警部，如果說死者與家屬的關係還不錯，就又產生出別的可能性了。亦即家屬不忍心見死者繼續受病魔折磨，基於想讓他解脫的心理，提前送他一程——既然遲早都是死路一條，不如自己親手給他一個痛快——如此的心理，應該就是這起命案的動機。」

「……」

既然是號稱最快的偵探，應該更早一點提出這種再合理不過的可能性——不過網羅推理就是這樣，可能也別太計較的好。反正人們對於性善說的支持率，還沒有高到有不成文規定強迫偵探必須先考量出自於善意的動機，如果要對忘卻偵探的言行舉動吹毛求疵，這樣就會耗掉一整天了。

「雖是沒有明確狀況可以否定這個可能性……但問題是絞殺。凶器要什麼沒有，偏偏要用勒斃的——實在稱不上是『想讓對方解脫』的殺人手法，相差太遠了。」

「說的也是呢。」

今日子小姐趴著說。

那個姿勢怎麼看都只是在享受床墊的軟綿。

「提到安樂死，用藥物讓對方一睡不起才是基本中的基本——就算再怎麼樣，也不該『勒死』對方吧。話說回來，關於安樂死的法律，目前是什麼狀況？」

因為遺產稅法有了變化，所以她才會這麼問吧。

山野邊警部對這方面也不熟。

日本應該好像還是禁止的。

「即使在國外，要是沒有專業醫生協助，仍舊不能施行安樂死才是。不管是使用藥物，還是利用儀器。」

「哦，還有安樂死專用的儀器啊。科學的進步還真是偉大呢！」

今日子小姐在奇怪的點上表露佩服。

「說起來，被柔道招式勒住脖子、摔倒在地時，聽說會挺舒服的呢——山野邊警部，你覺得如何？」

哪有什麼如何不如何。

身為警官，劍道及柔道的確是必修科目——只可惜山野邊警部是劍道派而不是柔道派。

（是有這種說法……但是對九十二歲的老人施展柔道招術，根本只是虐待吧）

完全感受不到這麼做的動機是為了老人好——而且，雖然還不知道是什麼，但至少可以確定必然是使用了某種凶器。

可以確定並非是由柔道家徒手犯案。

「不過，嚴格說來，還是留下了柔道家使用某種凶器的可能性呢。」

今日子小姐錙銖必較。

從頭到腳都跟自己合不來。

「或許兇手一廂情願地認為與其繼續看老人病榻纏綿，把他勒死還比較不痛苦——可能是家屬，也可能是朋友。」

「不管是誰，都太令人惆悵了。」

山野邊警部說道。

（糟了，不小心脱口而出）

內心的真實感受。

當著忘卻偵探的面，不小心講出自己內心深處的真實感受，令山野邊警部既後悔又鬱悶——「反正到了明天就會忘記」總歸是她家的事，但不小心讓看不順眼的對象聽到自己真心話的這個事實，將會一直留在山野邊警部今後的回憶裡。

「惆悵？為何會惆悵？」

該說是——果不其然嗎。

今日子小姐並未忽略山野邊警部這句一時大意的發言——這個女偵探絕不會錯過任何一句令她感到不自然的話。縱使那是再輕微的不自然，或是與案子毫無關係的話，都逃不過她的法耳，都會被她當成推理的材料。

而且還會明知故問地反問「你剛才說什麼？」之類的。

無論是別人的真情，還是真心。

連別人敏感的心情，也照樣視為一條線索收為己有的這種貪婪，換個角度來看，或許很值得學習——山野邊警部也曾經這麼想過——但是辦不到。

（我的心沒有她那麼空——沒有把別人的心思放進來的空間）

或許是由於沒有記憶，才讓今日子小姐有這樣的空間吧。

雖然在心中暗諷，但是話已經都說出口，山野邊警部也只能回答。

「因為，無論老人之死的背後有什麼動機——」

畢竟表面上是今日子小姐的搭檔，不能冷處理她的提問——而且她雪白的大腿上還寫著「搭檔是山野邊警部」。

「活了九十二歲的人，居然這樣就被勒死了——竟然得以這種方式告別人生，實在太令人惆悵了。」

他曾經是個什麼樣的小孩？

是個什麼樣的公務員、是個什麼樣的政治家、是個什麼樣的企業家呢——是個什麼樣的哥哥、是什麼樣的弟弟、什麼樣的丈夫、什麼樣的父親、什麼樣的祖父、什麼樣的曾祖父呢？

只是偵辦案件，恐怕無從得知。

而且，也輪不到還是後生小輩的山野邊警部來評價他的人生。

只不過——從各種情報看來，霜葉總藏都不該是必須要這樣死去的人。

不，無論他是什麼樣的人。

竟然勒死一名即將壽滿天年，超過九十歲的老人——就好比見到幼童成為犯罪被害人，無法不讓人不感到悽慘。

這件事毫無道理，天理難容。

（必須全力以赴——為了不讓如此惆悵影響偵辦，更要全力以赴才行）

「是喔。」

聽完別人的真心話，今日子小姐的回答卻是散漫。

感覺完全沒反應。

就像是被反發枕吸收了所有力道。

「可是這樣說的話，山野邊警部。不讓人感到悽慘的死，又是要怎麼死才好呢？」

「咦……這個嘛，當然是壽終正寢……沒有痛苦地死去。」

雖然還不至於語無倫次，但是山野邊警部在這麼說的同時，心裡也有點疑問。

說歸說是壽終正寢，但人一旦上了年紀，身體難免七傷八病的——活得愈久，生病的風險就更高。

任何人都無法在沒有任何痛苦的情況下，沒有任何病痛地死去——好，這就當大家條件相同。

那麼，若說是在家人及朋友的圍繞下，手牽著手，在眾人的婉惜聲中前往另一個世界就是幸福的死法——的確是很幸福沒錯，但也覺得這只是讓身邊的人感到幸福而已。

站在本人的角度，能夠在家人及朋友的圍繞下，手牽著手，健健康康活下去，肯定比較幸福。

一旦非死不可，無論是什麼樣的狀況，無論是活到幾歲——這才是就算幼兒也一樣——都是無可救藥的悽慘。即使有「幸福的人生」，也不可能有「幸福的死」。

（……話雖如此，也不能正當化「勒死九十二歲老人」這種行為）

倘若兇手認為反正老人就快死了，殺死他也不算是重罪才下此毒手，那絕對不可原諒——山野邊警部對這點很堅持。

要是還以為老人身體虛弱，「殺起來很容易」的話——

「事實上，殺起來的確是很容易啊！」

今日子小姐說得直接。

「聽你的描述，老人幾乎沒有任何做抵抗，就被殺了。」

「……是的。室內幾乎沒有打鬥的痕跡——老人似乎也無力抓傷或抱住對方。」

山野邊警部說著，秀出自己的指甲——意指未能從霜葉總藏的指甲採集到兇手的皮膚或毛髮。長時間臥病在床，肌耐力衰退，也難怪幾乎沒有握力——今日子小姐理解其言下之意，點點頭發了聲「嗯」。

然後又在床上轉了半圈。

「那麼，光是要摁護士鈴也很吃力吧——要是能早點摁下護士鈴，或許就能得救了。」

今日子小姐伸出手去，拿起護士鈴的按鈕。

放在掌心裡把玩。

「也許是兇手摁下的護士鈴。」

「……今日子小姐，你為什麼這麼推理？」

「只是清查所有可能性的一環罷了。不過，與其說是清查，不如說是將可能性一一推翻吧。」

「一一推翻。」

「唯一可以確定的，只有『護士鈴在凌晨兩點十二分響起』而已，但是摁下護士鈴的，不見得是死者——畢竟也沒有人目擊到護士鈴被摁下的那一幕。」

這種像是雞蛋裡挑骨頭般的清查，的確是有一一推翻的感覺——嗯，這也是一種方法。

然而，兇手摁下護士鈴的意義以及必然性又何在？這麼做，只會讓值夜班的護士立刻趕來，增加自己逃走的難度吧。

「或許是故意讓醫生及護士都聚集過來，企圖製造更容易逃走的狀況。像是混在大批趕到的醫院相關人員裡逃之夭夭——」

「……也就是說，兇手穿上白袍，假扮成醫院的人？所以才會都沒人看到兇手……？」

「不見得是假扮，如果兇手真的是醫生或護士，想必更好藉此魚目混珠吧——即使是名字不在值班表上的人，出現在醫院裡也沒什麼好奇怪的。」

不只家屬，她似乎也打算將醫護人員全給懷疑一遍——照這進度，接著可能要開始懷疑負責照護的看護了。

當然，這是正確的。

雖然正確……

（看正確的人做正確的事——其實還挺不愉快的呢。理想的態度或夢想的實現，也等於是讓人看見所謂的「醜惡」——）

「今日子小姐，你這些推理是認真的嗎？」

「全部是認真的。不過，我也認為不太實際。以推理小說的詭計來說，成立是能成立，但是考慮到人手不足的問題，醫院員工不見得會因為護士鈴響就『大批』趕來。」

她說的很保守。事實上，趕來的人數的確與「大批」扯不上邊——當時對護士鈴響做出反應的只有一個人，頂多兩個人吧。

實在不是可以趁亂混入的人數。

若是身穿白袍，更會顯得格格不入。

好比山野邊警部在職場格格不入的程度。

「更重要的是，比起這麼做，不要驚動任何人，靜靜地就這麼離開，應該還比較容易逃脫。」

「……」

推理小說的詭計——嗎？

（說的也是……如果可以不要用上詭計，當然是不要用比較好……）

「那麼，還是把護士鈴當成是『遭到襲擊的霜葉總藏自己摁下去的』比較好吧？」

「是的。」

還以為她難得老實同意了，今日子小姐卻又老實加了句「只不過」。

「也不見得是在遭到襲擊時摁下去的。」

「……什麼意思？」

這也是老樣子。

又要來一一推翻——嗎？

「可能是因為病情惡化導致身體疼痛，或者是不小心弄倒點滴之類的理由，霜葉總藏先生只是單純因為『有需要』而摁下了護士鈴。假設他在兩點十二分摁下護士鈴——然後就在護士於兩點十五分趕到的三分鐘以內，被某個人勒死了。」

「不是為了呼救才摁護士鈴——呃，可是這麼一來，案發時間不就會有所變動了嗎？」

（原本皆以護士鈴做為案發時間的標準，如今卻要分開來思考——她講的是有一定的道理。當然，原本以為是在兩點十二分以前動的手，就會變成是在那之後了）

然而，總覺得這只是些微的差異。

山野邊警部並不認為這個著眼點帶來的影響大到足以改變不在場證明

的成立與否——不管是在兩點十二分的一分鐘前犯案，還是一分鐘後犯案，其實都差不多吧？

毋寧說若案子是發生在護士鈴響之後，醫院相關人員的不在場證明才更牢不可破吧——不過，還是應該要求證一下。

或許也有因為一兩分鐘的差異，結果天差地別的案例。

「好了，再繼續扮演臥床偵探（Bed detective）也改變不了什麼——差不多該開始實際展開調查了。山野邊警部，先從調查不在場證明著手吧！」

將護士鈴的按鈕放回原位，今日子小姐似乎終於打算下床了。

（臥床偵探——記得是安樂椅神探的分支——讓住院病患扮演偵探角色的那個）

如果是住院患者就算了，只是躺在病床上的偵探，通常應該不會稱之為臥床偵探——算了，就算是臥床偵探，也比忘卻偵探好多了。

「嘿咻！」

今日子小姐抓住防止跌落用的床邊護欄，打算坐起來——就在此時，她冷不防失去平衡。

「哦，哦，哦？」

嗚咿咿咿咿——

伴隨著機械的聲響，床開始動了起來——除了包括床邊護欄在內的床架以外，床墊開始上升。

正要撐起身子的今日子小姐被動起來的床搞得手足無措，想盡辦法拚命保持平衡，但以她的姿勢似乎有些勉強，搞得整個人前滾翻似地翻轉了一百八十度。

與此同時，床墊還在繼續變形——今日子小姐當場像隻貓咪縮成一團，妄想逃過一劫，結果仍舊無計可施，只得任由病床擺布。

「這、這、這玩意在搞什麼？床怎麼會突然動起來——」

「……因為你碰到開關了啦！」

看到忘卻偵探那副狼狽的德性，光是要忍住不笑就很吃力了，山野邊警部收緊下巴，勉強維持住表面上的平靜——一邊回答，一邊摁下掛在床邊護欄勾子上的操縱面板按鈕。

床墊總算停止動作。

「這張床居然有這麼不好睡的機關……是用來鍛鍊腹肌的裝置嗎？」

「這是護理用的智慧床。具有協助起身、上下床的功能。不只可以像這樣彎折，還有整張床墊震動，用以防止褥瘡的機能——」

「是喔……還真是先進啊！」

今日子小姐拍打著升起的床墊，彷彿是在探索內部結構——先進？太誇張了。現在只要是稍微有一點規模的醫院，附有這種功能的智慧床幾乎已經可以說是標準配備了——不過。

（對了，她只是忘記了吧——忘了技術的進步、忘了科技的變化，忘了各個時代的「標準配備」）

不只會忘記案件的內容。

流行趨勢及風潮，也是忘卻的對象。

「……要弄回去嘍。」

不由得覺得有些尷尬，山野邊警部靜靜操作著面板——折曲的床墊，又自動恢復成原本平整的模樣。

「原來如此原來如此，原來是這種構造啊——真有意思。」

今日子小說著，用手肘膝蓋撐在床上，在有限的空間裡到處又摸又瞧——她的興趣已經完全從案件轉移到床上去了。

「呃，今日子小姐……我想我們就先去護士站問話，可以嗎？」

「啊，可以。讓你見笑了，真不好意思。」

今日子小姐向她道歉。

愈來愈尷尬了。

明明沒有半點這樣的意思，山野邊警部卻感覺自己好像在惡意嘲笑跟不上時代潮流的人——今日子小姐又不是自願跟不上時代潮流的。

「……關於剛才那件事。」

尷尬——讓山野邊警部鬆了口。

吐露出——被專業意識壓抑的情感。

她想更誠實地——好好地回答這個問題。

「剛才的哪件事？」

「就是——『怎麼死是好死』那件事。一旦死了，無論是怎麼死，或許都無可諱言是一件慘事——既然如此，我希望自己死去時，至少能夠不讓身邊的人傷心。」

橫豎要死，希望能死得輕鬆一點，希望能死得痛苦少一點——可是。

終究還是希望能在家人及朋友的圍繞下，手牽著手，在眾人的婉惜聲中嚥下最後一口氣——希望留下來的人感到的痛苦和悲傷，少一點就算一點。

至少在臨終前，希望別人能幸福。

就算其實並不幸——死就僅僅是死。

但若是能讓大家覺得我死得很幸福——就應該是人生最好的總結了。

「你剛才說什麼？」

「咦？」

咦？

居然在這時候冒出這句話？就算是故意的，也太故意了。

「你剛才說了什麼？山野邊警部。」

「我、我什麼也沒說……」

以為自己說了一句好話。

只是由衷說出現在回想起來覺得實在好害羞的真心話。

「人生的總結——總結，山野邊警部，你是這樣說的對吧？」

「嗯……沒錯，我是這樣說的。」

難道是「結」讓她聯想到「絞殺」，所以想批評山野邊警部說話不經大腦嗎——感覺像是被找碴，但是真要被這麼計較，也確實無從反駁。

為了消除尷尬而吐露的真心話，沒想到反而更讓人尷尬了——還真是讓山野邊警部深感厭煩。

「NICE PASS（妙傳）！」

今日子小姐說道，還秀出手心——似乎是要與山野邊警部擊掌，真是有夠莫名其妙。

莫名其妙歸莫名其妙，但也只能乖乖照做。

啪滋——從擊掌聲便可知兩人顯然沒默契——但是今日子小姐在這擊掌之後，嫣然一笑。

「案子解決了。」

今日子小姐說道。

「啊——啊？」

最快的偵探。

會合之後還不到一個小時——而且掟上今日子從醒來以後也沒有離開床一步，就這樣宣布破案了。

4

「沒有兇手。真相就是——霜葉總藏是自殺的。」

今日子小姐似乎連解決篇都要繼續在病床上進行，完全不賣弄關子，以最快的速度娓娓道來。

而且第一句話就是「真相」。

太過於直接，大腦一時半刻無法接收。

沒有兇手？自殺？

「因為受不了痛苦又漫長的住院生活，老人選擇了自殺——即使是在這個時代，應該也不是什麼稀奇的事吧？」

說的活像自己是從過去穿越而來的人似的……不過，這的確不稀奇。反而正因為醫學發達，這種悲劇可說是愈來愈多。

與由於照護疲乏導致殺人、為了奪取遺產不惜殺人無異，都是淒慘的死——真的一點也不稀奇。雖然一點也不稀奇，但或許也是最令人難以接受的死。

老人自殺。

明明已經成為社會問題，卻也是許多人不願意正視的社會問題，就連想像都不願意想像，所以才會完全出乎意料之外。

提出這種假設，卻仍然一副雲淡風輕的模樣——不只如此，甚至還滿臉笑容的忘卻偵探，看起來就像是沒血沒淚、冷酷無情的人。

「這並不是假設喔！是真相。」

今日子小姐講來仍舊滿臉笑容。

聲音輕柔悅耳。

「我從一開始就知道這個案子的真相了。」

「……」

為何要說謊。

分明是直到剛剛，才因為被山野邊警部的發言觸發，進而推理出來的。

（並不是將「人生的總結」與絞殺屍體在比喻上做連結——而是單純接受了字面上的意義嗎？）

自己決定讓自己的人生落幕。

的確，山野邊警部是在談這個主題——但那比較像是在表明決心、抒發己志，與實際上真的下定決心，動手「總結」完全是兩碼子事。

反射性地——下意識地想要否認。

（感情用事——）

專業意識與理性都被吹到九霄雲外，完全不想聽忘卻偵探說的話——但之所以忍住沒這麼做，是基於一路走來的經驗。

因為當今日子小姐聲稱自己的推理就是「真相」之時，那百分之百就是「真相」——縱使常常說些「我早就知道」之類的謊，但如果「不知道」她就會說「不知道」。

（「人生的總結」——）

絞殺屍體。

山野邊警部的頭腦全速運轉，試圖找出讓直覺產生的厭惡能有所本的材料——沒想到一下子就找到了。要是自己能冷靜而非冷酷地用身為警官的雙眼探索，應該能更早發現那個明擺在眼前的「事實」吧——是感情拖慢了速度。

「今日子小姐，我想飽受病魔折磨的病人的確會有想要親手了斷自己生命的念頭——也不想否認他們想要自殺的心情。」

想死的心情既不懦弱，也不邪惡——把想自殺的心情視為不道德的欲望才是錯的。

太多磨難當然會讓人想死——因為實在太痛苦了而不想活下去，有什麼不對。

這才不是什麼不健康的事。

問題在於必須檢討將其付諸實行時，究竟能具有什麼樣的意義。而就這個案子而言，則要檢視是否真有被實行的可能性。

「霜葉總藏先生因為長期的住院療養生活，一直是臥床不起的狀態——既無法自己一個人起身，也無法下床，形銷骨立，幾乎連握力都沒有了。你說這種人是要怎麼自殺呢？」

就算想要「總結」人生也無計可施——置身於痛苦的漩渦裡，想死也死不成。與其說是活著，倒不如說是處於被迫活著的狀態——這是個悲劇，也是現代人要面對的社會問題。

「就算想用簾子的滑軌上吊，死者連站都站不起來——再說，如果他是自殺，凶器是什麼？又失蹤到哪裡去了？」

除此之外，上吊的縊死屍體與被勒死的絞殺屍體也完全不一樣——話才說到這邊，山野邊警部就發現今日子小姐在看別的地方。

東張西望地將病房裡看了一圈。

居然沒在聽自己這番慷慨激昂的陳述——不過話說回來，這番慷慨激昂的陳述確實不值得一聽。

向偵探解釋上吊與絞殺的不同，根本是在魯班面前耍大刀。

清了清喉嚨，山野邊警部冷靜開口問。

「今日子小姐，你在找什麼？」

「沒什麼，我是在想說馬耳東風……說錯了，是百聞不如一見，想要來實驗看看。」

那說溜嘴的「馬」是指我嗎（如果是，也是匹悍馬）——山野邊警部想，但也馬耳東風聽聽就算了——總之，要冷靜。

「可以用來代替凶器的東西——嗯，就用這個好了。」

今日子小姐說完，屈膝讓雙腿靠近身體，動作俐落地脫下穿在腳上的膝上襪——兩隻腳都脫了。

「搭檔是山野邊警部」的字眼再度映入眼簾，這句話令她冷靜下來——沒錯，忘卻偵探不是敵人。

附帶一提，另一隻腳上以同樣字跡寫著「今天很睏，現場就算有床，也不能隨便躺上去！」

看樣子備忘錄也有起不了作用的時候。

這些都先擱一邊，今日子小姐將兩隻膝上襪綁在一起，用力拉緊，做出一條長長的繩子——因為有伸縮性，所以真的很長。

「……今日子小姐，你該不會要說凶器是女生穿的膝上襪吧？」

的確有很多在醫院上班的護士都穿著那種白色的絲襪。

（所以也不算是弄不到凶器嗎？）

山野邊警部正想舉一反三，但今日子小姐卻這麼說。

「不，這只不過是代替品。伸縮性可能差不多就是了。接下來——」

今日子小姐彷彿是在做強度檢查，將膝上襪用力地一拉再拉，打算來實行她的「百聞不如一見」。

「……有什麼我可以幫忙的地方嗎？」

「不用，這只是個簡單的實驗。」

今日子小姐先是委婉拒絕，接著又看了看山野邊警部的腳，開口問。

「因為還想再加長一些，可以借一下你穿的吊帶襪嗎？一隻就行了。」

語氣雖然很謙卑，不過這種要求還真是——雖說呆站在一旁是令人手足無措，卻也很後悔剛才幹嘛跟她客套，早知道就不要多嘴了，但都說是為了辦案，又怎麼好意思拒絕。現在可不是為了這種小事而耽誤調查的時候——山野邊警部將手伸進裙子裡，解開釦子，脫下右腳的絲襪。

「謝啦。」

今日子小姐接過黑色絲襪，與白色膝上襪綁在一起——正如她的判斷，長襪連結成很可觀的長度。

（女性的腿三條份……大概有一公尺五再多一點吧？）

「那麼要開始實驗了，但願能一切順利……」

今日子小姐邊說邊把用三隻長襪連成的長繩，像纏圍巾似地繞在自己纖細的美頸上——怎麼感覺畫面有點變態。

這麼想顯然太不莊重了。

「要把這條長長襪子綁在簾子的滑軌上嗎？」

莫名其妙的心虛雖然又讓山野邊警部變得饒舌起來，但其心中根本不認為圍著病床的滑軌會有足以支撐人類體重的強度。就算是因為肌肉萎縮導致體重減輕……

「不是簾子的滑軌，而是要綁在病床的床架上。」

今日子小姐迅速地將長長襪子的一端——山野邊警部的吊帶襪那頭——綁在病床的左側。

（咦……？就像利用門把來上吊那樣嗎……？不對，雖說上吊不一定需要在高處，但是綁在比身體還低的地方也實在是——）

山野邊警部還搞不清楚狀況，今日子小姐又把襪子綁在床的另一側——將長長襪子的另一頭，左右對稱地綁在病床右側的床架上。

「啊！」

山野邊警部沒那麼遲鈍。

看到這個畫面，山野邊警部已然理解今日子小姐意欲何為——一週前，霜葉總藏到底做了什麼。

也就是說——

「然後呢，摁下這個操作面板的開關——」

「停停停！」

趕緊傾全力地阻止她。

就算是實驗，也不用完整重現到那個地步。無論今日子小姐再怎麼善於重現現場，做到那個地步也是太超過了。

「我懂，我已經都懂了啦！你是要在這種狀態摁下操作面板的開關，讓床像剛才那樣動起來吧？摁下開關，床墊就會升高到呈四十五度——這麼一來，你躺在床上的上半身會被拉起來，但是因為纏在脖子上的長襪子兩端綁在固定不動的床架上，所以脖子就會被勒緊吧？」

「犯不著說明得這麼急吧……」

你真是最快的警部呢——今日子小姐一臉驚訝地說。但真正驚訝的是我好嗎——山野邊警部心中吶喊。因為用了襪子這種有些出乎意料的道具而掉以輕心，但這個人做這什麼事也太危險了吧。

「討厭啦，別擔心。所以我才顧不得分寸地跟你借吊帶襪，以確保長度足夠哪。考量其伸縮性，最糟的情況，不過就是會昏過去一下而已。」

山野邊警部超想追問她「昏過去一下會有什麼後果，你到底有沒有自覺啊？」不過還是硬生生把話吞了回去——現在該問的問題不是這個，重點也不在這裡。

「……我明白了，我沒有意見。的確，即使是臥病在床的病人，只要用這種方法，或許不需要什麼大動作，只要摁下開關，就能像這樣躺在床上也輕易自殺成功。可是……」

令山野邊警部難以接受的，是竟然把護理用智慧床當成安樂死儀器來使用的這個極度恐怖的事實——今日子小姐用「科學的進步」來形容安樂死儀器、用「先進」來形容護理用智慧床，卻將兩者像是把襪子綁在一起似地加以連結，完全出乎人意料之外。

不，正常人也不會把襪子綁在一起。

（真正恐怖的究竟是實際發生的這件案子，還是居然能像這樣聯想的今日子小姐呢……）

「當然，不管是利用病床，還是只用一個開關來操作，現象本身都是絞殺，所以不可能像你提到的安樂死專用儀器那樣沒有什麼痛苦地走……但在幾乎沒有力氣，只能躺在床上的狀態下，也沒有其他辦法了吧……『案發時間』之所以是半夜兩點這種深夜，我猜是因為老人從就寢時間到搞定這些機關，就是需要花這麼多時間。」

「咦？這未免……」

也花太多時間了——話到嘴邊，山野邊警部立刻反應過來——的確，光是要把凶器的兩端綁在床架上，就需要這麼久的時間。
因為霜葉總藏既沒有體力，也沒有握力。
所以光是這樣的作業，也得花上好幾個小時。
「……」
絕不是什麼簡單的自殺手法——太慘烈了。
既是最後的手段，也是痛苦的決定。
拚死的行動。
（為了結束生命，竟然要花好幾個小時準備——究竟是什麼樣的心情）
「那凶器……到底是什麼呢？並不是襪子吧？」
「不是。這只是代替品——霜葉總藏先生是沒辦法弄到襪子的。我想他應該還是利用手邊現有物品來做為道具，好比說……」
今日子小姐說著，指著床邊。
可是那裡什麼東西也沒有。
然而，用常理來判斷，若說在這個病房、這張病床的旁邊會有什麼，答案顯而易見——霜葉總藏住院時，那裡肯定有東西。

「點滴……」

今日子小姐剛才在病房裡四下張望，看似就是在找這玩意兒。

「凶器是點滴導管……嗎？」

「因為在他伸手可及的範圍內，就只有那個是繩索狀的物體——而且伸縮性和強度也都沒話說。」

拿護理用智慧床和治療用點滴導管來做為結束生命的工具，怎麼想都還是太恐怖了——然而，若想到這是身在無止盡痛苦之中的病人竭力思索的解脫，倒也不是不能理解。

（可是，這個忘卻偵探卻……只是在床上滾來滾去，就想出這種推論——心靈是有多空虛啊）

想出這種推論，心情不會變差嗎——不會覺得想出這些的自己是不道德的，不會因此陷入自我厭惡的情緒裡嗎？

「還有其他疑問嗎？山野邊警部。」

「……如此一來，就是醫院相關人員擅自回收他用來自殺的點滴導管，並操作面板將病床恢復原位嘍？為了隱瞞住院病患利用病床和醫療器具自殺的事實……」

這個事實再怎麼樣也不會被拿來跟醫療疏失等醜聞相提並論，但仍然可以想見一定會受到世人的抨擊，把目不忍睹的社會問題，全都說成是院方該負責——像是病床的安全性怎樣、為什麼把危險的導管放在那種地方等等等等的欲加之罪，全部加諸在院方頭上。

（或許院方也不認為這是「欲加之罪」也說不定——不是基於責任感，而因為是罪惡感）

因此。

因此才要隱瞞。

當然是拚了命地搶救過吧——同時也趕緊銷毀了那些自殺工具。

畢竟只是為了湮滅證據，而不是要故布疑陣，所以並未把自殺偽裝成他殺——於是便造成了「在平坦病床上發現不知道被誰下毒手的絞殺屍體」

這般結果。

（報警時間太晚……今日子小姐打從一開始就注意到這點了）

這麼一來，她說「打從一開始就知道」也不完全是唬人的——然而在另一方面也不禁讓人覺得，忘卻偵探搞到最後，其實什麼都沒搞清楚。

湮滅證據當然是犯罪行為，但自殺這件事也不能怪院方，山野邊警部心想——既然如此，基於「輕易看穿殘酷真相」這種理由而責備忘卻偵探沒有良心也實在是莫名其妙。理智雖然很清楚，不過山野邊警部還是無法壓抑從內心泉湧而上的情緒。

「……真令人惆悵啊。」

希望死去時，能讓留下來的人覺得自己是幸福的——會認為這是最好的總結方式，自己的想法真是太膚淺了，覺得好討厭自己。

哪有這麼好的事。

實際的死亡是如此慘烈之事——充滿執念。

死亡終究只是自己一個人的事。

「在身體無法自由活動、意識也一天比一天朦朧的情況下，彷彿沿著僅存的一縷細絲，思考要如何讓自己死去，從極為有限的條件中捻出方法，花上好幾個小時付諸實行，只為一死——有人這樣總結自己的人生嗎？」

「我不否定惆悵這種說法。」

今日子小姐以始終如一的態度，對垂頭喪氣的山野邊警部說。

「但是，也不全然只有惆悵喔！可能山野邊警部已經忘記了。」

「忘記？」

沒想到會被忘卻偵探指責自己忘事。

（我忘了什麼？）

「是誰摁下護士鈴——我們曾經談過這個問題吧？」

「啊……是談過。」

與其說是談過，實際上只是今日子小姐自顧自地提出各種假設——雖然那些假設最後都被一一推翻了。

因為根本沒有兇手，所以摁下護士鈴的當然是死者，自殺的霜葉總藏本人——嗯？

不對，等一下。

既然是自殺，他為何要摁下護士鈴呢？那只會驚動值夜班的護士趕來，結果還做出湮滅證據的舉動，搞得事情變得這麼複雜——

「今日子小姐，我想不通。難不成是別人摁下護士鈴嗎？與本案毫不相關的第三者……」

「不是的。在摁下操作面板、啟動病床、脖子真的被勒住之後——在點滴導管勒住氣管，無法呼吸之後——在打算給人生來個總結之後，他摁下了護士鈴。」

今日子小姐依舊十分冷靜——平淡地說。

又或者是很誠懇地——說出這樣的話。

「我想，應該是在摁下護士鈴的同時，老人也用另一隻手摸索操作面板，想停止病床繼續動作——只是從結果來看，後者似乎未能順利進行。」

「什……你是說，霜葉總藏先生不想自殺了……是這麼回事嗎？雖然執行了計畫，卻臨時改變心意……」
「臨時改變心意，想繼續活下去了。」
在最後的最後。
他不想死了。
今日子小姐說著，鬆開纏在頸項上的襪子。
「儘管已經活了九十二年，在最後的最後，他還是想活下去——不惜讓為了自殺所布置的機關、花上好幾個小時才做好的準備全都功虧一簣，也想繼續活下去——打從心底想著『還想活下去』而死去。我覺得這樣死，其實也滿好的。」
她穿上解開的襪子。
然後終於離開那張病床——將右手伸向山野邊警部。
「就像想著『不想忘記』今天才認識，感情豐沛、表情豐富的你——而將你忘記這件事，對我而言也不是一件太糟的事一樣。」
「……」

（唉，真是的——）

臨別之際，她若無其事地説出這種話。

忘卻偵探老是這樣給工作來個總結——給只在短時間共事的搭檔。

雖然不經意地流露出這種充滿人情味的一面，但終究還是會把我的事忘得一乾二淨。

（所以我才——討厭今日子小姐呀）

（掟上今日子與絞殺的屍體——忘卻）

第四話

掟上今日子與溺水的屍體

1

結束這個案子之後，波止場警部打算辭去警察的工作，就連辭職信也已經寫好，放在外套的內側口袋裡——全是抄自些樣板範例文，有寫跟沒寫一樣的內容，但辭職信就是辭職信。

因個人生涯規劃而辭職。

（可是我也沒説謊——畢竟「結婚」這個理由，本來就除了個人生涯規劃以外什麼都不是）

換成比較喜氣的說法，則是「壽退社」——為結婚而辭職離開公司。

不曉得公務員是否也能套用「壽退社」這種説法，但就算能這麼説，也不能寫在辭職信上——由於在過去的警察生涯裡，無論是對上司還是部下，波止場警部都毫不諱言「工作就是我的男朋友，我這輩子都是法律與正義的守門人」，所以不管「因個人生涯規劃」是多麼老掉牙、多麼沒創意的用詞，如今她也只能這樣寫。

（其實我已經跟行外人男友偷偷地交往了很多年，這次是以辭掉工作為前提準備和他踏上紅毯——這種話，怎麼可能說得出口）

要選擇婚姻，還是選擇工作。

做夢也沒想到自己居然要面對這種平凡無奇又古板，要說的話根本是跟不上時代的煩惱。

老實說，波止場警部實在沒料到事情會變成這樣，不過站在男友的角度，他似乎從很久以前就這麼想了——之所以要求辭去工作，並不是要女人進入家庭，而是不希望心愛的人繼續從事刑警這種危險的行業，如果想繼續工作的話，大可去找更普通的工作。

再說得坦白一點，警察是一種不曉得會被誰懷恨在心的職業，所以說辭就辭，結果反而更加危險也說不定，然而波止場警部也不是不明白未來的老公之所以會那麼想的心情，實際上，最近也多少開始覺得自己並不適合擔任法律與正義的守門人。

對工作已經沒有以前熱情。

從事自己嚮往的工作，反而消磨了幻想及理想。

被人誤解曲解也無妨——說實話，聽到男友提出這個要求的時候，比起抗拒，「也差不多該辭了」的感覺還比較強烈。

回頭檢視過去的工作表現，波止場警部不得不承認——自己似乎既不適合也扛不起警察這份工作，以及警部這個頭銜。

不曉得會被誰懷恨在心，辭去警察還比較危險——話雖如此，但是對於實在稱不上有過什麼像樣表現的波止場警部而言，就連這種不安可能也只是杞人憂天。

因此，雖然為了保全體面，還是稍微做個樣子煩惱了一下，但是隔天就去買了《給大人的辭職信範例文集》回來——買的時候還在想，「大人」真的會需要這種書嗎。

然而，儘管是不適合自己的職業，即使過去實在稱不上有什麼像樣的表現，但畢竟是自己選擇成為警官服務社會做為職志，絕不是對這份工作毫不戀棧——一旦真的要辭職，還是會很捨不得，覺得難以啟齒，甚至想過會不會有人來阻止自己離開（還真想不出會有誰）。

（因此）

因此，決定用這個案子做為界線。

波止場警部的最後一案——即使沒有能夠寫得這麼帥氣的傲人成績，也決心一旦解決這個案子，就要利用這個好機會提出辭職信。

不過團隊將頓時缺一角的上司，應該不會覺得是個好機會，而會覺得是場大災難吧。但是波止場警部已經在男友的父母面前發過誓，所以再也沒有退路了——所以該怎麼說呢，雖然這麼想不太好，還是會希望這個案子能辦久一點。

（然而，就連最後一案都不覺得能夠只靠自己的力量解決，我果然還是不適合當警察吧——）

當然，身為現場負責人，波止場警部也不會為了盡可能多賴在職場上一天，就刻意拖延破案時間，但自己的如意算盤還是大大失算了——沒想到在高層的一聲令下，就在剛才，警方委託了那個忘卻偵探來支援。

不是別人，而是那個忘卻偵探。

換句話說，別說是拖延了，調查反而會有急速進展，案件將在今天之內被解決了——於是乎，波止場警部從明天開始就不再是警部了。

不只是急速進展，根本是急轉直下。

（最快的偵探——）

沒想到最快的偵探竟會介入被自己選定做為最後工作的案子，波止場警部總覺得是受到天譴了——話雖如此，但這或許也是一種命中注定。

（畢竟，忘卻偵探正是解決「波止場警部最初一案」的偵探——）

機會難得，不如趁機把當時埋藏在心中的疑問攤開來，問她一下吧。

問一下此生或許都與辭職信無緣，幾乎是把職業本身當作她身分證明的忘卻偵探。

（話說回來，那個人應該早就忘了自己見過還是菜鳥的我吧——）

2

「早就忘了。初次見面，我是掟上今日子。我的記憶每天都會重置。」

伴隨著這樣爽朗直接的寒暄，忘卻偵探今日子小姐出現在刑案現場，位於市民公園正中央的池塘旁邊——她身穿小碎花的連身洋裝、藍色的開襟毛衣。長度只到腳踝的襪子是紅色的，厚底鞋則是淺綠色。

該說是引人注目嗎？明明是五顏六色到令人眼花繚亂的打扮，穿在她身上卻像是執行公務的制服似的，十分合身瀟灑——最大的特色或許是她那及肩的滿頭白髮，將全身的色彩完美整合起來。

「我是波止場。請多多指教……初次見面。」

忘卻偵探。

置手紙偵探事務所所長，掟上今日子。

如她本人所說，她的記憶一天就會消失——無論參與過什麼案件，無論接觸到什麼謎團，無論引導出什麼解答，都無法持續記憶到隔天。

再也沒有比這種資質更能徹底達成偵探的第一要件「嚴格遵守保密義務」了，從這個角度來看，或許再也沒有比今日子小姐更適合當偵探的人——當然，這是以她的推理能力及調查能力也是一流為前提的評價。

（也難怪公家機關會請她來幫忙破案——但是，在每次「初次見面」的時候，還是讓人總不知如何是好）

「你是波止場警部吧。好的，我把你記起來了。」

忘卻偵探微微一笑，如此說道——同樣身為女性，也不免覺得她那迷人的笑容令人心蕩神馳，就算她說記得，一想到到了明天，還是會一如既往地把自己忘記，就覺得這一切都只是有夠空虛的客套話。

「那我們就目標快刀斬麻，速速進入正題吧！我會好好協助你的，波止場警部，還請說明案情概要——關於命案的內容。」

面對命案卻想「快刀斬麻」、「速速進入正題」的輕率反應，想來與擅自將本案當作離職界線的波止場警部實在有得拼，不過最快的偵探是連為死者默哀的時間都捨不得嗎——也或許她是認為只要能早一秒破案，就是對於死者最好的弔唁也說不定。

不管怎樣，她既然都這樣說了，也不能不加以說明——波止場警部還沒欠缺職業道德到為了拖延破案的腳步，刻意隱瞞詳情。

儘管就要辭職了。

波止場警部再度面向池塘——在今日子小姐依約來到之前，波止場警部也一直都在埋頭苦思。

「前幾天，在這座池塘裡發現了屍體——一名失蹤成年女性的屍體。」

「嗯，是浮屍嗎？」

「沒錯。雖說是女性，但屍體的狀態很糟，乍看之下甚至無法判別是男是女。」

雖說現場經驗不能算豐富，但是自從進了警察這行，波止場警部已經看過比一般人還要多得多的屍體，但最糟糕的屍體，還是莫過於浮屍。

腫脹變形，完全看不出生前的模樣。

慘到就連照片都令人不忍卒睹。

或許不該把案子——抑或是人類屍體拿來互相比較，但真的沒想到自己負責的最後一個案子，會是這種悲慘到令人忍不住想移開目光的命案。

「原來如此，我明白了。也就是說，這次是要我忘卻偵探來辨識這具屍體究竟是誰對吧？」

「不，已經確定身分了。」

波止場警部連忙阻止最快的偵探衝太快——就算浮屍已經看不出生前的樣貌，但是在現代的科學調查之下，屍體變形毫不妨礙身分的查明。

更何況死者還穿著衣服，錢包也還在口袋裡——駕照和身分證都在。

因此，不只是名字，死者所有個人資訊都已經在警方掌握之中——手機泡水固然壞了，但鑑識人員也馬上將其修復，取出了裡頭的資料。

「是喔，已經確定啦。」

今日子小姐似乎頗失望地點著頭。

「不好意思，我想太快了。那麼，重新來過。不需要偵探出場就已經知道的死者姓名是？」

「加勢木二步……小姐。」

波止場警部看著記事本回答。

雖不是忘卻偵探，但波止場警部對自己的記性沒什麼信心——倒不是記不住死者的全名，只是想確保資訊的正確性。

（畢竟是最後的工作，我也想弄個水落石出）

波止場警部自我分析了一下，繼續說明。

「加勢木小姐的屍體就浮在這座池塘靠近正中央的位置，發現者是當時正在划船的情侶——他們立刻打電話報警。」

「是溺死的嗎？」

「不，沒有遇溺痕跡。看來死者是遭到殺害後，才被丟進池塘的。」

「原來如此。那是要我忘卻偵探來釐清死者疑點重重的死因嗎？」

「不是。」

今日子小姐又會錯意了，波止場警部再度幫她踩下煞車——要駕馭最快的偵探，真是一件勞心勞力的事。現在回想起來，第一次的案子也是這樣。

其實也沒什麼好回想的，畢竟今日子小姐早就忘了那件事。

「死因已經釐清了。」

「死因也釐清了嗎？」

真的就像在田徑賽時被判為起跑犯規那樣，今日子小姐失望得都快站不穩了。這下子或許真的有點尷尬。

「頭部有被用力毆打的痕跡——所以直接死因是遭到擊斃。」

「換句話說，兇手在打破死者的頭以後，才把她丟進池塘嗎——嗯。」

今日子小姐將眼前的池塘從右到左看了一遍。

這是一座氣氛閑靜的池塘，平常會有親子或情侶在上頭划船遊玩，但是在發現屍體之後，現在暫時封鎖，湖面上大概只看得到水鳥。

「嗯……？」

「……有什麼疑點嗎？」

波止場警部問微微歪著頭，滿頭白髮搖呀搖的今日子小姐。

「沒有。」

她又把頭轉正。

「也就是說，我忘卻偵探只要找到這具浮屍——嗯加勢木二步小姐是被什麼人殺害，也就是指出兇手就行了吧？原來如此，這可以說是偵探最基本的工作。」

今日子小姐看似有所領會地說道。要連續三次否定她的話，著實令人有些過意不去。

「也不是這樣。」

但波止場警部非說不可。

「已經鎖定兇手了。住在這座公園附近，是死者的男友。」

「……」

今日子小姐面向波止場警部，露出有些厭煩的表情——就算她用責難的眼神看著自己，也不能因此虛構委託內容。

「是不知道動機嗎？」

「動機很明確。兩人分手好像談得很不順利……所以或許該說是前男友而不是男友。從死者手機復原的資料裡，已經找到內容近似恐嚇的電子郵件，聽說嫌犯也經常向身邊的人透露對死者的殺意。」

「哈哈。這麼一來就是不在場證明嘍。要調查不在場證明對吧。」

「已經從死者胃裡的殘留物斷定出推定死亡時間，在那段時間，嫌犯完全沒有不在場證明。而且那明明是正常人要上班的時間，嫌犯卻裝病在家休息。」

「……是不知道凶器是什麼嗎？因為傷痕是特殊的形狀，再加上又是浮屍所以整個變形……」

「凶器是鐵鎚。至於傷痕則平凡到不行，即使是腫脹的浮屍也還是可以看得出來。」

忘卻偵探抱頭。

接著緩慢地搖搖頭。

「那麼，到底有什麼工作能讓我忘卻偵探來做呢？」

她顫抖著聲線，以非常不爽的語氣說道。

「請讓我工作。請給我工作。工作。工作。工作。」

重度的工作狂。

與接下來正打算辭職的波止場警部恰好成為對比——究竟是什麼驅使她要把自己逼到這個地步。

為了解開犯罪事件的謎團，不惜以命相搏的偵探所在多有，但是警方並不會委託那種性格難纏的偵探。

今日子小姐不是喜歡謎團，而是喜歡工作——然而，她那樣的工作態度是以什麼為基準形成的呢？看在波止場警部眼裡，實在是難解的謎團。

從第一次與她共事的時候就不解至今。

「如果沒有工作做的話，我就回去了。」

「請、請等一下。有有有，我已經準備好一定能讓你滿足的工作了。」

不開玩笑，今日子小姐當真要掉頭走人，波止場警部連忙繞到她面前去留住她——說是那麼說，但命案當然不是特別為她準備的。

「真的嗎？」

今日子小姐以狐疑的眼神盯著波止場警部看，彷彿在確認目擊者模稜兩可的證詞——要問是不是真的，老實說也有點難回答，但的確是在調查本案之時，讓偵辦陷入膠著的難題。

「問題在於——水深。」

波止場警部說道。

指著發現屍體處——池塘的中央部分。

「這座池塘最深的地方也不過一公尺半。因為是人工湖，不是自然形成的池塘。因此……」

「不能說是適合用來棄屍的場所。」

被今日子小姐搶先一步公布答案——雖然前面說什麼都槓龜，但最快的偵探似乎還是維持著她一貫辦案風格。上帝是忘了在她身上裝煞車系統嗎？或許剛才在她「嗯……嗯？」地側著頭時，就已經發現到這點了吧。

「馬上就會被發現呢！就算屍體沒有浮上來，也可能會隔著水面看到沉在底下的屍體。」

「沒錯……說得委婉一點，雖然這池水的透明度實在不高，但是若有個人躺在底部，的確可能會看到。」

先不管實際上是否真能看到，但是站在棄屍者的角度，想必是會讓人感到不安的地點。如果是荒郊野外深山裡的池塘也就算了，在市民公園的正中央——事實上，也真的被情侶發現了。

「再加上你剛才也提到，嫌犯就住在這附近——把自己下手殺的人，棄屍在自己家附近，怎麼想都不太可能。」

「正是如此——換句話說，要確實鎖定嫌犯，得先克服這個瓶頸。」

當然，現階段已經有足夠的間接證據可以申請拘票，但是要能夠起訴的話，上頭的人似乎希望能在動手逮人以前，確實排除這個疑點。

畢竟現今社會，資訊相當公開透明，已經不是可以在偵訊室裡逼嫌犯自白的時代了——波止場警部也贊成高層慎重其事的態度，而且如果用不著急著破案，就表示自己身為警部的時間也能再拉長一點，所以身為負責人，根本沒理由反對，只是做夢也沒想到，上頭的人竟會找來忘卻偵探。

這麼一來，等於會比平常更早破案——當然，這是建立在今日子小姐能以她卓越的推理能力解開這個謎團的前提之下。

「嫌犯為何要將自己殺死的人沉在這座池塘裡——死者為何會被沉在這座池塘裡。我忘卻偵探只要能找出這原因就行了吧？」

剛才那一連串的籃外大空心似乎已經完全被拋到九霄雲外去了，今日子小姐重拾她的微笑表情。

「我明白了，我會用最快的速度破案的。」

稍微慢一點也沒關係喔——看她這麼積極，波止場警部雖想說，也實在無法開口。

3

「先讓我確認一下大前提，將屍體沉入海裡或湖中的理由，目前還是以『為了做為隱匿屍體的手段』為主流，沒錯吧？」

今日子小姐開始在池塘周圍走動。

波止場警部心想她還是老樣子——依舊是靜不下來的人哪——一面跟在她背後。

如果要將忘卻偵探無與倫比的能力發揮到淋漓盡致，總之就是「隨她去」就對了——這已經成了警官之間的定說。

簡言之就是別管她，只要遠遠地看著她，別讓她闖禍即可——如果她想走，最好就由著她走到她高興為止。

因此，波止場警部雖然基於良知想著「處理屍體的方式哪有分什麼主流不主流的」，但是為了不妨礙她的思考，並不打算講出來討論。

「運氣好的話，浮屍還能成為魚的養分，消失無蹤也說不定——對了，這池塘裡有魚嗎？」

「好像沒有吧——頂多只有不知是誰擅自放養的金魚或稻田魚，但是並沒有由公園管理者飼養的魚。」

今日子小姐面不改色，一臉可愛卻說著沒血沒淚的話，波止場警部雖是頭皮發麻，但也仍是回答——說來自己也並未特別留意池塘裡有沒有魚這個問題，至少在調查的過程中，都沒收到過這方面的報告。

「我再確認一次，死者加勢木二步小姐並不是溺死的吧？而是在頭部遭到鐵鎚毆打時，就已經確實死亡了？」

「是的，沒錯。」

「哼哼……不是溺死滴滴滴，而是用鐵鎚打打打……滴滴答答……」

今日子小姐自言自語地說著類似雙關語的怪話。

該說她的推理是瞎貓碰上死耗子，還是滴水不漏呢——總之就是一種把所有想得到的可能性全部檢視一遍的推理方式，所以即使是猛一看蠢到爆、怪到家的可能性，也不能放過。

實際上，在波止場警部過去與忘卻偵探的合作裡，就有這種搞雙關語的附會殺人案——說風雅意境嘛算有意境，說雙關笑話嘛也真是笑話。

「剛才提到是因為屍體浮出水面，才會被人發現，嫌犯把屍體沉到池底時，沒有綁上重物嗎？」

「沒有，完全沒有這方面的小動作，感覺就只是把屍體丟進池塘裡——所以沉在水底的屍體一腐壞，產生氣體以後就浮起來了。」

「是喔。原本在享受划船約會的情侶，看到那具腫脹的浮屍，氣氛肯定都被破壞光了吧！」

今日子小姐說著同情第一發現者們的話——讓人想笑又笑不出來。現在可不是擔心那對情侶的感情會不會生變的時候——但是，也正因為今日子小姐有著像這樣和波止場警部截然不同的觀點，才會找她到這裡來。

「把那個嫌犯是否為真兇的事擱一邊——先試著模擬一下吧！」

「模擬什麼？」

「兇手的行動。」

今日子小姐說道。

「兇手先在別的地方用鐵鎚擊斃死者加勢木二步小姐。再抱著她的屍體，來到這座公園——到這裡沒問題嗎？」

「沒、沒問題。」

她特地這樣問，讓波止場警部不禁緊張起來，但這只是個單純到要錯也很難的假設，根本不需要特地模擬。

「屍體是在池塘中央浮起來的，就表示並非隨便從池邊丟下去——應該要假設嫌犯是划著小船，把屍體運到池塘正中央之後，才進行棄屍的。」

「是的……說公園對小船的管理十分隨性……總之是非常馬虎的關係，經調查後發現，死者的血跡留在其中一艘出租小船上。」

「哎呀，這樣啊——那麼，看來我還是把本來要在接下來提出的『兇手背著死者，游到池塘中央』這個假設收回吧！」

還有那樣的假設嗎——真是荒唐到極點。但是，或許就是要徹底清查到這個地步，才能算是所謂的模擬吧。

「將死者沉入池塘以後，兇手便離開棄屍現場——從讓死者穿著衣服，也沒有銷毀足以查出身分的隨身用品來看，手法實在非常粗糙。只是從這個角度來看，也可以認為是兇手有『無論如何都要將死者沉入池塘』的理由——不能就地掩埋，也不能焚屍滅跡，非得丟到水裡不可。」

「是的……不過，雖說掩埋或焚燒都比沉到水裡還要費工夫，但是必須特地划船去棄屍，倒也不輕鬆就是了。」

若是為了讓屍體永不見天日或許另當別論，然而問題是已經被發現了。從結果來看，這跟棄屍在草叢裡根本沒什麼太大差別——相對於付出的勞力，可說是徒勞無功。

「而且還是離自己家不遠的池塘——屍體一旦被發現，肯定會成為頭號嫌疑犯。」

波止場警部說到這裡，今日子小姐又補了一句。

「不過，這是一開始就把那個男友視為嫌犯的情況喔！」

對了，目前是在「還不確定兇手是誰」的前提下做模擬。

「請讓我對這點提出反證——波止場警部，說不定理由正是『因為就在附近』。熟悉的地點當然比較好行動。或許早就知道池塘人煙稀少的時段、小船的管理狀況等等。」

「……可是，這麼一來不就本末倒置了嗎？誰會把屍體藏在與自己有地緣關係的地方——」

「沒錯，我也是這麼想的。但很意外的，聽說這世上也有不少人如果不把祕密藏在自己的地盤，就會感到不安呢——大概是基於想把重要事物放在手邊管理的心情吧！」

聽起來似懂非懂——不管怎麼說，都是波止場警部很難接受的歪理。既然如此，藏在自己家裡豈不是更好。

「把死者沉入池塘裡的理由——是非得要這座公園的這座池塘才行？還是只要是池塘，哪裡的池塘都可以呢？如果是哪裡的池塘都可以，為何選中這座池塘呢——地緣關係。嗯……」

今日子小姐一路走來未曾放慢步調，嘴上則不停嘟囔。

「實在難以用於藏屍的水深。加上人來人往，經常有人租船來划——是早就有總會被人發現的覺悟嗎？若是如此，應該還有其他目的才是……」

「就是因為搞不清楚這點，案情才會陷入膠著，才會委託今日子小姐——呃，或許是一件小事。」

「不，我認為這點很重要呢。更何況仔細想還滿深奧的——喔，我不是說水深就是了。」

今日子小姐補一句實屬多餘的注釋，終於停下腳步——原以為她整理出了結論，但似乎並非如此，單純只是已經繞完池塘一圈，又回到原處而已。

繞一圈花不到三十分鐘。

果然不是太大的池塘。

波止場警部看著這座池塘，想著如果是自己，才不會把屍體沉在這裡呢——話說回來，如果是波止場警部，根本就不會想殺人。

（畢竟曾經是一對戀人，就算是嫌犯，應該也不是打從一開始就想殺死對方吧……）

聽說兩人鬧翻的理由也非常無聊，既不是因為劈腿，也沒有金錢糾紛，導火線是從一個人喜歡貓、另一個人喜歡狗，對喜歡的書有不同的解釋這種芝麻小事開始的。

波止場警部也吵過這種芝麻綠豆大的架。

不只吵過，是常常吵。

一想到這種無傷大雅的口角，最後居然演變成如此悽慘的命案，也不得不承認「感情是愈吵愈好」這句話，只不過是不知家庭暴力為何物的人喊來不痛不癢的口號。

「倘若不用追求像推理小說那種意外性，只單純說說感想，應該是兇手的思慮不周吧！換句話說，淺的不是池水，而是嫌犯的腦容量。」

「換句話說」之後其實根本不用說（不要說還比較好），不過，這要說是當然，也是當然的見解。

一心只想盡快把屍體處理掉，雖然也沒蠢到以為把屍體沉到水裡，屍體就會溶解掉，但是為了讓屍體消失在自己的視線範圍內，還是沉進熟悉的池塘裡——卻不知屍體泡水腐敗之後，會因為產生氣體而浮起來。

這種見解在調查小組內也佔了大多數——若要選邊站的話，波止場警部也屬於這一派。

「今日子小姐，這是你的想法嗎？」

「不能完全否定這種可能性，但是該怎麼說呢。如果說因為是偵探，會因為職業病而企圖追求意外性，或許也有一點……總覺得要是嫌犯的想法當真那麼淺薄，那麼用來行凶的鐵鎚，應該也會和死者的屍體一起被發現才對……之所以還沒動手逮人，也是因為還沒找到凶器這項物證吧？」

「是的……」

說來，的確——明明這麼輕易地發現屍體，卻找不到凶器——這的確是讓人感覺很不對勁的事實。

還有別的想法嗎。

沒有那麼淺薄——思慮周全的想法。

「那麼，今日子小姐又是怎麼想的呢——死者的屍體為何會被棄置在這座池塘裡呢？」

「波止場警部，要拜託初次見面的你這種事，或許很厚臉皮也說不定，但可以請你答應我一個不知分寸的要求嗎？」

忘卻偵探不回答波止場警部的問題，反而來了句這樣的客套話——忘卻偵探既厚臉皮又不知分寸的事，在警察組織內部早就已經成為不動如山的定說了，如今還有什麼好客氣的——但是當事人早就已經忘了自己幹過的那些傳說級好事，所以才會想先禮後兵也說不定。

波止場警部過去也被這位白髮偵探的言行舉止搞得團團轉，但一想到這是最後一次，不免心情也有些餘裕，於是意氣風發地回答。

「可以呀！什麼要求？」

對此，今日子小姐將雙手交叉在身體前面，在一陣扭捏之後。

「我想請你跟我約會。」

她這麼說。

4

這是我的榮幸，只可惜我已經有互許終身的人了——當波止場警部內心還在驚慌失措之際，忘卻偵探已經以迅雷不及掩耳的速度，辦好了租借小船的手續。

簡言之，今日子小姐把話説得太曖昧了，她其實只是要邀請波止場警部和她一起搭船，好能更靠近死者屍體實際沉沒的地方而已。

要划船就説，不要講些引人遐思……喔不，是讓人莫名奇妙的客套，真希望她能直話直説。

不管怎樣，今日子小姐已經裙擺飛揚地跳上小船——這方面的厚臉皮又不知分寸則依然健在。

（工作啊……）

最後的工作居然是和今日子小姐一起划船，總覺得哪裡怪怪的，沒有結束的感覺——但這也應該算是非常奢侈的感想吧。

話説回來，總不能讓今日子小姐一個人划船到池塘的正中央，自己只是在岸上袖手旁觀。波止場警部下定決心，跟在她後面上了船——因為這是一艘小船，只要稍微動一下，就會搖晃不已。

今日子小姐建議一人划一邊的槳，不過直覺告訴波止場警部「把槳交給最快的偵探是一件很危險的事」，因此只能自告奮勇。

「兩個人同時划可能划不好，還是輪流划吧！」

波止場警部自願扛下這個體力活（實際上完全沒有要把槳交給偵探的意思），把動腦的工作留給對方。

然而，實際划了幾下，坐了兩個人的小船遲遲無法前進，結果真是醜態百出——要把屍體丟到池底，看樣子並不是那麼簡單的事。

「回答你剛才的問題——」

今日子小姐從小船的邊緣把手伸出去，漫不經心地用指尖輕撫池塘的水面，娓娓道來。

「——或許是打算水葬吧！」

「水葬？哦……換言之，今日子小姐認為兇手是為了奠祭自己殺死的死者，才把她沉到池塘裡嗎？」

「我只想表示也有這樣的可能性——而且我只是說說，並不覺得這個可能性有多高，也沒打算認真採納這個可能性。」

「也是，明明人是自己殺的，卻還鄭重其事地奠祭對方，怎麼想都很不合理呢……」

「這也是原因之一，但主要是——就水葬而言。」

今日子小姐用掌心掬起水來給波止場警部看。

「水質好像不是很乾淨——這麼說可能對管理員有點不太好意思，但是正常人應該不太會想被葬在這種池塘裡。」

管理員應該也不希望這座池塘堆滿了屍體吧——而像這樣坐著小船漂浮在池塘上，水質看起來更混濁了。

不過，倒也沒有髒到看不見底部——頂多還算是半透明的。可是話說回來，能不以為意地觸摸這種「看起來不太乾淨的水」，忘卻偵探果然比她的外表還要強悍許多。

「若說兇手確實是她的前男友，在又愛又恨的情況下對她痛下毒手，在一時衝動失手殺了人以後，想做些事情平復傷痛，也不是沒有因此將她水葬的可能性——不過如果真要弄平，還是要用土來埋吧！」

利用處理屍體的方式來編雙關語又能如何——真希望她不要把才能發揮在這種地方。

「可是今日子小姐，你難道不覺得，就算不是為了奠祭，將死者沉到水底，對兇手而言可能也是某種儀式嗎？」

「難道他以為沉入水裡，心愛的人就能死而復生嗎？又不是脫水昆布——如果不是擊斃，而是以曬乾的方式殺害，或許還有一點可能。」

在波止場警部不算豐富的經驗裡，從未見過那種酷刑般的死法——何況認真地說，若是將曬乾的屍體「泡水恢復原狀」，也一定會留下痕跡。

「並非基於哀悼死者的心情將其沉入水中，而是藉由像這樣將死者沉入水中的行為，洗滌自己的罪惡——也就是，所謂贖罪的儀式。」

「嗯，贖罪的儀式嗎？」

今日子小姐微微點頭，似乎認為有思考的價值。

因此，倒也不是得意忘形，於是波止場警部補了一句。

「是的。像是把浮屍放水流一般，將罪孽放水流。」

「啥？」

今日子小姐面露詫異，還皺起眉頭，一臉「你說話居然這樣不經大腦思考」的表情——自己明明大放厥詞了半天，這也太任性了吧。

「這是個池塘，水是不會流動的——浮屍怎麼浮也無法放水流吧！」

在毫不留情的否定之後，今日子小姐又提出另一個可能性。

「不是儀式，而是情緒的發洩。」

從這裡開始，「網羅推理的忘卻偵探」總算要發揮真本事，使出渾身解數的今日子風格了吧。但——何謂情緒的發洩？

「我的意思是說，正因為水質是這副德性，才要故意把屍體丟進這座池塘裡——是為了損壞，而不是丟棄。」

「是為了損壞——而不是丟棄。」

類似故意將有身分地位的人的屍體隨便棄置於垃圾場，藉此凌辱對方的行為嗎？但這座池塘並沒有髒到那個地步——而且，原本還是親子或情侶們的休閒場所。

「而我接下來要提出的另一個假設，就是『為了要嚇死那些親子或情侶們』。」

「為了嚇死他們？」

「所以說，如同我剛才講過的那樣，第一發現者——當時正在約會的情侶不就被嚇壞了嗎。」

是啊，她還說氣氛都被破壞光了。

要是在約會時看到屍體漂浮在水面上，的確是很……嗯。今日子小姐是要說那並非偶然下的產物，而是兇手蓄意為的嗎？換言之，正因為夠淺，屍體不會沉在池底，不久之後就會浮起來——這全是兇手從一開始就打好的如意算盤？

「你是指……兇手的目的就是為了破壞那對第一發現者情侶的約會？為了發洩自己的戀愛無法修成正果的怨氣……像是故意找麻煩似地，把屍體放在約會勝地嗎……」

「要這麼假設，確實是有些荒唐過頭就是了。」

今日子小姐聳聳肩。

無法釋懷的反而是波止場警部——明明是今日子小姐自己從剛才開始，就一直提出一些不切實際的假設。

她心中「何謂現實」的標準實在非常難以捉摸。

「不不不，我的意思是說，若是要刻意鎖定那對情侶來找他們麻煩，其實是很荒唐的——如果是以不特定多數為目標來找碴，這個可能性倒也不是沒有吧。」

「所以你是認為所有的親子或情侶們都是目標嗎？就是說如果發現的，那個……該怎麼說呢……只要看起來過得很幸福，任誰發現屍體都無所謂。把屍體設置在池底，做為某日將平靜的公園風景炸得粉碎的定時炸彈……」

倒也不是不可能——嗎？

如果這是殺人的主要目的，的確是不太可能，但若是像這樣利用錯手殺死而無法挽回的屍體，使其另外派上用場的思考邏輯，或許也不是不可能。

人類的腦子裡，什麼都有，什麼都不奇怪——差異只在究竟能不能跨過

「付諸實行」的那道高牆。

波止場警部想的那種「安裝在池底的定時炸彈」是誇張了點——但每個人的心中，或多或少都有想破壞那些過得太安逸的傢伙們愉快的日常生活、想惡整別人、想講些討人厭的話、想讓別人難受的破壞衝動。

「畢竟剛殺完人，想必不是在正常的精神狀態下行動——或許已經失去理智，是在一時衝動下做出的傻事。後來才猛然想起不該這麼做，懊惱應該埋到更遠的深山裡，但是沉都已經沉下去，後悔也來不及了。」

當波止場警部以那雙不算太有力的手臂，終於把船划到池塘正中央時，今日子小姐突然站了起來——在搖搖晃晃的小船上依舊能保持平衡，看來她的體幹十分強健，與那纖細的身材實在不太搭軋。

（因為她是超有行動力的偵探，只靠當偵探就能鍛鍊好身體吧——跟只不過是划個船就精疲力盡，累得像條狗的我不一樣）

「或許殺人這件事，比起付諸實行的準備工作，收拾殘局還更麻煩——因為又不像玩遊戲，敵人一倒下就會自己消失——支解的屍體、墜落的屍體、絞殺的屍體、溺水的屍體，光是屍體種類，就琳瑯滿目呢！」

今日子小姐既是隨意，卻也是鉅細靡遺地列出了幾種屍體的狀態。她本身或許全給忘了，但至今偵破過各式各樣刑案——伴隨各種不同屍體發生的刑案（她接觸過的屍體數量，肯定遠遠凌駕在波止場警部之上）——的她都這麼說了，應當視為至理名言，銘記在心吧。

（這想必也不是她第一次處理溺水浮屍案件，只是她忘了……）

那些經驗即使沒留在記憶裡，也會鑴刻在潛意識裡，和體幹一樣，她每天也鍛鍊著「推理腦」和「推理肌肉」吧。

正當波止場警部顯然放空在思考這些事的時候，今日子小姐依然站在原處不坐下。

「在這裡，我想說些既不是一般人的見解，也不是偵探的見解——而是我身為推理迷的見解。」

身為推理迷的見解？

「也可以說是推理小說讀者的素養吧。雖然我的記憶無法更新，情報來源稍嫌略偏古典。」

「是……素養，嗎？」

聽不太懂。

別說推理小說，波止場警部就連警察小說都不看——讀書量極少，這輩子只看過參考書。但也不認為這有什麼問題。

「正因為屍體被棄置在嫌犯自家附近，形成辦案的瓶頸，使得警方無法動手逮人——這種狀況才是正中嫌犯下懷——身為推理迷，會比較想看到這樣的劇情。」

「嗯……那，目的是為了擾亂調查嗎？」

「這時應該會再更具體一點——如果自己就是兇手，才不會把屍體丟在那麼近的地方，所以自己不是兇手——試圖建構起這種三段式論述。」

「原來如此……的確是很推理小說。」

所謂罪疑惟輕是刑法的理念，但是以推理小說的黃金定律來看，則是愈可疑的愈不是兇手——不，這也不能全然說是空談。

事實上，警方目前確實是把精神都放在探索這難解之謎的解答，導致無法逮捕嫌犯——藉由刻意採取對自己不利的言行，讓人覺得「事情不單純」的策略，實際上對人類還是相當有效的，而檢調機關則是由人類構成的。

這也是科學調查的極限。

正因為如此，有時候才會需要像今日子小姐這種來自外部的助力——

「……可是，那不是偵探的見解，而是身為推理迷的見解吧？」

「對的。如果嫌犯是推理迷，我想這不是沒有可能——身為活在現實中的偵探，我實在不太想承認這種假設。要是心思能這麼縝密，手法應該可以更細緻一點——」

今日子小姐邊說，邊在小船上移動，把身體從船緣探出去，擺出往池塘底部窺探的姿勢，看起來很危險——不，是真的很危險。

不管今日子小姐的平衡感再好，人站在那麼邊邊，可能會讓小船本身失去平衡。

「今、今日子小姐……可、可以請你坐好嗎……你站在那裡，可能會翻船哪。」

她大概是在確認能不能看到池塘底部吧，鑑識作業已經結束了，池底應該沒留下任何對調查有幫助的東西——既然什麼都沒有，自然也找不到任何東西。

「也是呢。所以啊，波止場警部。」

今日子小姐說完，非但沒坐下，還一縱身跳到船緣——宛如源義經還是哪個波止場警部也想不起來的誰，單腳站在十公分不到，幾乎沒位置下腳的地方。

不，當立足之地剩下僅容單腳站立的空間，已經不是平衡感的問題，而是膽識的問題了——波止場警部反射性地將身體倒向小船另一邊，盡全力避免小船翻覆。

這個嘗試本身是成功的，但是結果卻離今日子小姐站的位置更遠了——無法用蠻力把她從那個位置拉回來。

所以？所以啊什麼呢？

「可以請你幫忙確認一下，坐在這艘船上，從正上方能看到我嗎？」

「確——確認？」

「實驗、實踐和實際體驗。」

話一說完。

忘卻偵探她——就這麼直挺挺的，在前幾天還有屍體漂浮的位置，面向幾乎有著同樣座標的水面，倒了下去。

5

為了實際確認沉在水底的屍體有多少能見度，今日子小姐似乎打算親自扮演屍體——如同先前模擬兇手的行動一樣，這次則是要模擬死者的行動，或說死者是怎樣不能動。

固然是在過去也曾經這樣一而再、再而三，藉由扮演「屍體」來找出真相的忘卻偵探（雖然本人已經忘了）——但這次，再怎樣都做得太過火了。

波止場警部驚慌失措。

跳進絕對稱不上乾淨的池塘裡，而且還是原本泡了一具屍體的同一座池塘裡，衛生問題令人擔心啊什麼的，這時根本一點也不重要——最重要的是，人類是無法在水中呼吸的。

重現水中浮屍，與回溯被支解的屍體或墜落死的屍體或遭絞殺的屍體之類的體驗完全是兩回事——儘管如此，她也不見絲毫猶豫，就像是要跳上軟綿綿的床鋪似的，縱身倒入水中。

要是有目擊者，一定會以為有人跳水自殺了——波止場警部脫下外套往旁邊一扔，想立刻跳下水去救她——但最後還是作罷了。

這時要是把沉入池底的今日子小姐拉起來，她就只是白白搞得全身濕——倘若她事前先跟自己商量，波止場警部一定會拒絕這種「實驗、實踐、實際體驗」（大概也是因為這樣，今日子小姐才會二話不說就付諸實行），然而現在也已經真的被她「實行」了。

為了不讓這可說是自我犧牲的行為功虧一簣，在救起今日子小姐之前，必須先親眼檢視才行——究竟能把沉在池裡的今日子小姐看得多清楚。

如果在光線反射之下就完全看不見的話，或許這池塘真的是適合用來做為藏匿屍體的場所——這樣的話，事情多少會有一點進展。

那麼首先要做的，是壓低姿勢、宛如爬行般地在因為失去今日子小姐的重量而搖晃的小船上移動，探出身子往她下水之處張望。

搖晃之所以能抑制在最低限度，想必是由於今日子小姐倒入池中時，任憑重力支配，完全沒給小船帶來反作用力——但既然能貼心設想至此，真希望她不要再擅自行動。不只這次，每次都這樣實在讓人受不了。

「唔……」

波止場警部忍不住呻吟。

並非是因為水深不見底——毋寧說看得比想像中還要清楚——由於這個時間的陽光幾乎是從正上方照射下來，或許也有些影響。而一個人的身體橫躺在水中的畫面可是相當衝擊，在心理上，這也是怎樣都很容易發現吧。

話雖如此。

今日子小姐一動也不動地躺在水底——只見頭髮和衣服隨波搖曳，手腳則是動都不動。

扮屍體扮得太逼真，幾乎讓人擔心起她是不是因為跳水的衝擊而心臟停止了——只不過，在水裡睜得大大的雙眼，證明她確實還活著。

就是因為被她那鬼氣逼人的視線與表情震攝，波止場警部才會不禁呻吟起來。

（嘴邊也完全沒有氣泡冒出來——該不會為了徹底像具屍體，還屏住了呼吸吧？）

「今日子小姐！夠了！看得見！看得十分清楚！請趕快上來！」

波止場警部大聲叫喊——雖說池水很淺，但是隔著水面對話，感覺就像是隔了一百公尺以上。不管再怎麼大聲叫她，還是會擔心她是否聽得見。

「噗哈！」

幸好，今日子小姐似乎聽見波止場警部拚了命的呼喚，從水中探出身子，把手伸向小船——這次她也總算無暇再思考小船的平衡或反作用力，只管把全身體重都掛在船緣，爬了上來。衣服吸了水，肯定變得很重——波止場警部和剛才一樣移動到對角線位置，以免小船翻覆。

「呸！呸！啊哈哈……呼……」

今日子小姐渾身濕透，躺在船上——即使強悍如今日子小姐，水中來去一趟似乎還是會消耗相當多體力。

「聽說溺死是最痛苦的死法，我切身體會到了……雖然這並不是我的目的。」

今日子小姐邊說邊摘下眼鏡。

「不好意思，波止場警部。可以跟你借手帕嗎？因為我的已經跟我一起變得濕答答了。」

「啊，好的。放在那件外套的胸前口袋裡……請你自己拿。」

「謝謝。」

今日子小姐拿出手帕，擦了擦眼鏡——接著重新戴回臉上，然後開始擰乾白髮。

「失禮了。」

這下則是擰起開襟毛衣及連身洋裝的下擺──毛衣和洋裝似乎都吸飽了水分，漸漸地小船裡也到處都是水。

今日子小姐邊忙著擰衣服，也同時進行結果確認。

「你剛才說看得見，具體而言，是怎麼樣的情況呢？」

真不愧是最快的偵探。

「果然相當顯眼呢……即使沒浮上來，感覺還是會被發現。至於划船的人是否會探出身去看水底，則又是另當別論。」

波止場警部回答。

「還是會看吧？在水上划船，會想知道自己所在之處有多深，感覺也是人之常情。這麼一來，就棄屍場所而言，這個位置還真是不太適合呢！」

今日子小姐頓了頓，又補一句。

「再補充說明的話，我認為坐上船後會想『把身體探出去看看』，也是生而為人很自然的心理。」

不只把探出身去，還實際跳了下去的人既然有如此領悟，波止場警部也只能傾聽接受。

「當然，也應該要把兇手為了湮滅證據而把屍體沉到水底之後，才驚覺『完全藏不住啊！』的可能性列入考慮。」

反應可能不是這麼輕佻，可是如果兇手思慮不周，這倒也不無可能——要是如此，也許是想到要再撈上來實在不是件容易的事，只好把屍體丟在池裡就走人了。

用不著今日子小姐下水一趟，打從一開始。波止場警部就這麼覺得——原本便想不到有什麼理由，會讓人認為這裡適合做為隱匿屍體的場所。

比想像的還糟，可是在看到池塘時能想像得到的，本來就不怎麼好——實在找不到要冒著「棄屍處在家附近」的風險，也要把屍體藏在這的理由。

又回到起點了嗎……

結果，今日子小姐的奮不顧身還是落得無功而返嗎？不過以排除每個可能性的角度來說，倒也不是完全白費工夫……

「好了。我已經擰乾了。我會在今天洗好手帕還給你，波止場警部。」

「啊，沒關係，別放在心上。倒是你，不用換衣服嗎……」

「不用。因為我早預料到可能會發生這種事，所以穿了快乾材質的衣服來。」

早預料到可能會發生這種事……難不成她打從一開始就計畫下水嗎？這什麼計畫啊。

再說，不管是不是快乾材質，因為剛才躺在水底，今日子小姐身上穿的「衣服」滿是污泥，現在的樣子看起來慘不忍睹，比想像中還要狼狽萬分——說是「不能見人」也不為過。

看著她的模樣，不禁讓波止場警部陷入沉思——為何這個明明不是警察，只是一介平民的人，要為了解決殺人案做到這個地步呢？

「今日子小姐。」

波止場警部開口喚她。

原本打算等到工作結束以後再問她，也覺得或許不該在此時——還在偵辦案件的時間點上問她，但波止場警部還是忍不住開口。

「你為什麼不惜做到這個地步也要當偵探呢？你不覺得即使不這麼做，也能以其它的方式獲得幸福嗎？」

「幸福？」

今日子小姐微側螓首，臉上浮現不解。

「我又不是為了得到幸福才當偵探的——這就只是工作而已。」

就只是工作。

或許是很不假修飾的說法，但是聽起來就跟在某個領域登峰造極的人，絲毫不打算謙虛地說「這只不過是玩票性質」沒兩樣。

「那麼是因為解謎很快樂嗎？當偵探這件事本身只不過是一種手段，主要是對不可思議的犯罪事件充滿興趣之類的——」

「啊哈哈。我是不討厭解謎啦——但是這個世界上充滿了各種魅力十足的謎團，也不只是殺人案會成謎而已。而且要是能解開數學的十大難題，還有獎金可以拿呢。」

倒也是。

照這樣說來，可以將她的能力發揮到淋漓盡致的職業，怎麼說也輪不到偵探——既然如此，為什麼不去挑戰數學十大難題？

她不是最愛錢了嗎？

「我是很愛錢沒錯。但我是那種拿到一塊錢就完成一塊錢份的工作，拿到一百萬圓就完成一百萬圓份的工作——的偵探。」

今日子小姐開門見山地說完，隨即反問她。

「是因為波止場警部要辭職了，才問我這個問題嗎？」

她怎麼知道這件事？

是在哪裡不小心說溜嘴了嗎——還來不及反應過來，今日子小姐已經指著波止場警部的外套說道。

「抱歉，跟你借手帕的時候，不小心看到了。」

那封用範例文拼拼湊湊組合起來的辭職信，就收在外套的內側口袋裡。

「啊……嗯，其實，我打算處理完這最後一案就辭職。」

既然都穿幫了，也不必再隱瞞——裝模作樣講什麼「最後一案」，其實也不是什麼大不了的事。

對於經手的所有案件都是「最後一案」的今日子小姐而言，應該真的不是什麼大不了的事——「剛認識」而且是「初次見面」的一介員警要辭職還是要結婚，都與她無關。

儘管如此，波止場警部還是彷彿要為自己找藉口似地說。

「我想利用結婚做為契機，改變自己的生活……因為我好像不太適合當警察，也覺得這是金盆洗手，離開警界的好機會。接下來，該怎麼說……我想從事與人命、治安無關的工作。」

「與人命、治安無關的工作。」

「是的。所以我才想問你，今日子小姐，你從不曾想過要金盆洗手，不再從事這種協助警方調查的危險工作嗎？」

何止危險，就拿這次來說好了，對她而言如果只是稀鬆平常，那麼她面對的風險顯然跟警察有得比——說是自己在找死也不為過。

然而，她卻這麼回答。

「肯定有吧！我應該也有過想寫辭職信的時候。」

今日子小姐又接著說。

「只不過，不管是厭倦身為偵探，還是厭倦持續工作的心情，一到了明天，我就會忘得一乾二淨。」

「……」

意思是說，就連現在搞不好就會把命賠上的事，到了明天就會忘記嗎——這就是忘卻偵探嗎？

太慘烈了，令人啞口無言。

想到這，更愈是感覺自己寫的辭職信實在微不足道——今日子小姐連不想再當偵探都辦不到。

像她那樣，簡直是強制勞動。

「因此，波止場警部，要說金盆洗手，我可是每天都在洗呢——嗯，你剛剛說什麼？」

今日子小姐正想為與案情無關的閒聊畫上句點之時，又像是突然發現了新大陸似地一臉認真——咦？

「剛剛說什麼……我想想，呃，那樣簡直是強制勞動——」

不對。

這句話只是在心裡想，並沒有說出來。

不可能對著勞動中的她本人說這種話，而且身為一個即將辭職之人，這發言太不恰當了。

不是這句話——那麼，今日子小姐到底是指哪句話？

「『金盆洗手』——你還連說了兩次對吧？」

「呃……是，我是說了兩次。」

如果是這個成語，包含今日子小姐自己說的在內，一共出現了三次。

這是用來表達「辭去工作」的意思，有什麼問題嗎？嚴格說來，原意指的是辭去「手腳不乾淨的工作」，所以並不適合用在警察或偵探這種職業，難道她是要這樣拿著字典挑語病嗎？的確是過於自虐，乃至於有些侮辱的感覺也說不定——

「不是不是，我怎會挑你的語病——我還要感謝你的指點呢！」

案子解決了。

今日子小姐這麼說，接著嫣然一笑——那顯然不是被迫強制勞動的人會有的表情。

神采飛揚，似乎感覺很有成就感。

整個洋溢著滿足感的表情——即使全身濕透，也一點都不像溺水浮屍。

「你說『案子解決了』……那麼，你已經知道嫌犯為什麼要把屍體沉在這裡嗎？」

「當然。我從一開始就知道這個案子的真相了。」

為何要說出這種會降低推理可信度的話——不只如此，她接著又說了一句更莫名其妙的話。

「對了，波止場警部。嫌犯比較喜歡貓？還是比較喜歡狗呢？」

6

天曉得嫌犯比較喜歡貓還是狗，跟本案的真相到底有什麼關係——看在波止場警部眼中，貓貓狗狗都是大同小異的生物，喜歡貓或喜歡狗還是不都一樣？對了，說來，曾為男女朋友的嫌犯與死者時常爭執的原因之一，就是為了喜歡貓還喜歡狗起爭執……

「我想想……嫌犯好像養了狗，應該比較喜歡狗吧？我想。」

「這樣啊。既然如此，那這就是動機了。」

順便告訴你，我比較喜歡貓——今日子小姐自信滿滿地宣告。由於只稍微把衣服擰了一下，沒有改變多少她從頭到腳的濕淋淋，在這狀態之下露出得意洋洋的表情，令人感覺甚至有些毛骨悚然。

動機？

不，那的確是引發爭執的理由之一，也或許會是成為痛下毒手的理由之一，但就憑這點將其視為命案的動機，怎麼說都太牽強了——應該看成是像這樣雞毛蒜皮的摩擦日積月累，終於演變成殺人命案才對吧？

「不不不，不是殺人的動機，我是指嫌犯將屍體沉進自家附近池塘裡的動機——因為嫌犯養狗，才要把死者沉入水底。」

「……??」

聽不懂她在說什麼。

該不會是在水裡屏住呼吸時造成缺氧，導致現在大腦無法好好運作——波止場警部不免有些擔心起來，但今日子小姐接下來的這句話。

「所以才想要洗乾淨啊——不只是洗手，還要把全身、衣服以及隨身物品全都洗乾淨。」

讓波止場警部終於一舉看透真相。

池水的透明度根本無法比的透澈真相。

「也就是說——呃……」

幾乎是被強迫開竅的思緒，閃過的資訊量實在太多，一時半刻整理不過來——想要洗乾淨。

用池塘的水——把屍體洗乾淨。

被這麼一提點，反而會覺得之前怎麼會想不到。然而光看這水質實在不算好，只是踏進去都覺得很不衛生的淤積池，的確是不會聯想到「洗滌」這個關鍵字。

會把衣服和眼鏡弄髒的水，嫌犯究竟是想用來洗什麼呢——事到如今，一切昭然若揭。

如果是一點點髒污，只要當場用面紙擦掉就好——如果是衣服沾到細屑，只要挑起來丟掉就好。

但是，如果這樣還不夠的話。

要說有什麼是無法輕易去除，必須把全身浸在水裡才能洗淨的髒污，無非是——

「寵物的毛……也就是，嫌犯養的寵物……」

「一旦養了毛茸茸的動物，這可是避無可避的煩惱呢！每次出門的時候，都必須用那種滾筒似的玩意兒把全身清理乾淨才行——可是就算這樣，也很難完全弄乾淨哪。」

「……」

「而且透過今時今日的科學調查，只需要取得一根動物的體毛，就能從DNA鎖定個案——倘若這個DNA與嫌犯養的狗一樣，百分之百就會成為逮捕的關鍵吧！」

所以——才要整個洗下去嗎？

把全身浸在水裡——溺水的屍體。

既不是為了隱匿，也不是企圖損壞——目的是要把屍體「洗乾淨」。

無論之後是會浮上來還是怎樣，全都是其次——打從一開始兇手就設想到屍體沒多久就會被發現。重點是在於要使屍體被人發現時，必須讓原本沾在死者身體上的寵物毛一根也不剩。

「案發現場，就是自己在這附近的家——嫌犯是想要隱匿這件事。衝動之下在滿是動物毛屑的房間裡痛下毒手，倒地的死者身上、頭髮、傷口、衣服……乃至隨身攜帶的物品全都沾滿了狗毛……他想要擺脫這困境。」

既然如此，之所以把屍體沉入附近的池塘裡，並不是因為地緣關係還是什麼的，單純只是「因為很近」罷了。也許是覺得總不能在自家的浴室洗屍體吧。因為一旦那麼做了，最糟的情況還會留下不必要的痕跡……

不是選擇這座池塘做為棄屍之處，而是拿來當作洗屍之所。

這麼一來，的確在自家附近找可能比較方便。

「波止場警部認為將屍體沉入水中是『為了將罪孽放水流』的推理，也並非全然錯誤呢——只是想放水流，喔不，想用水洗的並不是罪孽，而是動物的毛。」

在最後，今日子小姐還這麼吹捧了一下，給接下來打算辭職的波止場警部做足面子——把那僅是粗淺的意見，捧得高高的。

不，這個人一向如此。

不求取功績。

對功勛沒有半點興趣——她在乎的，只有絕不便宜，但是讓她如此以身犯險也太過微薄，一點都不划算的報酬。

（即使萌生辭意，不想再當偵探，也會忘了這個心情——所以只能日復一日地當著偵探。每日每夜都會把記憶洗去的今日子小姐，也因此無法有任何改變——）

「不，老實說，倒也不是這麼回事呢？」

雖不是申請拘票的藉口，但總之先去敲嫌犯家的門，撿起玄關附近一定會有的寵物毛秀給他看，動搖嫌犯的心理防線。「只是把屍體丟進池裡，真能把寵物毛全洗乾淨嗎？」他一定感到很不安——臨別之際，今日子小姐對今後的調查做出這些相當沒血沒淚的指示，然後捲起開襟毛衣的袖子。

那裡有著粗字簽字筆所寫的——「掟上今日子。偵探。二十五歲」。

是她自己的筆跡。

「只要把這個的這裡給擦掉，在事務所以外的地方找張床躺上去，好好睡一覺就行了。」

今日子小姐輕輕摩挲著「偵探」的部分——那兩個字在還濕漉漉的肌膚上微微暈開。若再搓得用力一點，想必沒兩下就無法辨識了。

或許就不再是偵探了。

「說穿了，這就是我的辭職信呢！對於忘卻偵探而言，辭職信不是用寫的，而是要擦掉的。」

宛如漸漸褪色，終將成為一片空白的記憶。

（辭職信——在今日子小姐擰衣服時，連著我的外套一塊濕透了——）

聽了今日子小姐那麼說，波止場警部這麼想。

（——就重寫吧！雖然終究是要辭職，至少要用自己無法撤回的話語，好好寫下自己不該忘卻的心情）

（掟上今日子與溺水的屍體——忘卻）

寫在最後

本書的作者再怎麼不才，好歹是個小說家，因此也會收到「我想成為小說家，該怎麼做才好？」之類的問題，這時我通常會回答：「請再考慮一下。因為比起成為小說家，如何一直身為小說家才是難關所在。」為什麼我會這麼說？因為事實便是如此，不過，我個人倒是在再三考慮之後，又發現「有不是這樣的職業嗎？」絕大部分的職業，不，所有的職業不都是「持之以恆比入行還要難」嗎？因為我親身經歷過了，才會格外覺得小說家這個行業是如此，但感覺每個人都會認為自己從事的行業是「持之以恆比入行難」吧。實際上也本來就是。不只是職業，無論是學業還是玩樂，要「一直持續下去」都是很辛苦的。比起入行、開始抑或是放棄，想持續更需要發揮毅力、更是要付出勞力，這不管是在心情上還是理論上，都是再理所當然不過，不免讓人覺得說這什麼廢話啊。俗話說「與其是什麼都沒做而感到後悔，寧可做了以後再來後悔」——那麼，「持續以後再來後悔」與「放棄以後再來後悔」，又是哪一種比較好呢？

如此這般，這是忘卻偵探系列的第五彈。意外的是，這是我出道以來，第一次得以將各自獨立的短篇集結成冊出版。好高興。〈掟上今日子與支解的屍體〉〈掟上今日子與墜落的屍體〉〈掟上今日子與絞殺的屍體〉〈掟上今日子與溺水的屍體〉每一篇的標題雖然都很聳動，但畢竟是圍繞著屍體的四篇推理小說，不曉得給大家帶來了什麼樣的印象？這次負責扮演搭檔的警部陣容，也嘗試委任與今日子小姐同年代的女性們來擔任。因為我也很想知道同性眼中的今日子小姐是什麼樣的感覺。就這樣，感謝閱讀忘卻偵探系列第五彈《掟上今日子的辭職信》，但是對今日子小姐而言，又是初次見面的第一彈。今日子小姐能一直持續當偵探，或許正是「因為記憶無法持續」吧。

第五集的封面是純白的概念，與前四集一樣，都是由VOFAN先生來描繪今日子小姐。實在美麗，真是感激不盡。我也想將第六集《掟上今日子的婚姻屆》在近期內呈獻給大家，還期盼各位屆時能繼續給予支持。

西尾維新

娛樂系 023

掟上今日子的辭職信

作者　西尾維新
譯者　緋華璃
責任編輯　林依俐
封面繪圖　VOFAN
封面設計　Veia
版型設計　POULENC
內文排版　高嫻霖
出版顧問　陳蕙慧
發行人　林依俐
出版　青空文化有限公司
台北市106大安區仁愛路四段107號7樓
讀者服務信箱：service@sky-highpress.com
總經銷　大和書報圖書股份有限公司
電話：02-8990-2588
印刷　前進彩藝有限公司
出版日期　2017年1月　初版一刷
定價　260元
ISBN　978-986-93883-1-3

國家圖書館出版品預行編目(CIP)資料

掟上今日子的辭職信 / 西尾維新著；緋華璃譯.
-- 初版. -- 臺北市：青空文化, 2017.1
304面； 10.5 x 14.8公分. -- (娛樂系；23)
譯自：掟上今日子の退職願
ISBN 978-986-93883-1-3(平裝)
861.57　　105022915